# 初學 普通話

許慕懿 編著

**萬里機構**

# 序

《初學普通話》是一本香港人學習普通話的好教材，精練而實用，簡易而得法。

我對此書的具體印象是：

第一，從科學性方面說，能兼顧語音、詞彙、語法的有機聯繫，去粗取精，選材適當；既分散了難點，又保持着語音系統的完整；針對廣東方言的表達習慣，指出其與普通話的對應規律，使學員能因舉一而反三。

其次，教育性方面，適應香港地區學員的需求與接受能力，做到深入淺出，顧及趣味，避免了呆板、生硬的灌注。

最後，在實用性方面的特點也很突出。全書各課編寫的詞語、句型、課文以至練習，都緊密地聯繫生活實際，是成人日常社會交際最急需、最基本的語言材料。

許慕懿是我的學生，二十多年前，曾在北京協助我講授普通話多年。一九五六至一九六一年，由中國教育部、文字改革委員會、科學院語言研究所聯合舉辦的"普通話語音研究班"，是一個高級的科研、進修、培訓機構，好幾位著名語言專家學者任教，許女士與我一直參與其中的教學工作。特別是許女士，直接面對每個學員，進行口耳之間的傳授，指導發音、對話、朗讀、朗誦……，在教學實踐中了解方言，鑽研語言辨正，從而摸索出許多行之有效的教學方法。同期，許女士和我在北京中央人民廣播電台、電視台播講漢語拼音教學、語文課本朗讀教學。我們還一起灌錄了漢語拼音發音、會話教學唱片。許女士是中國五十年代末、六十年代初推廣普通話運動的先鋒之一。今天，她在香港又躋身普通話教學的行列，再次發揮她的語言教育專長，為香港地方推行普通話工作貢獻力量。現在，許女士還編出這本好書，我為她的努力與成就感到由衷的欣喜。

是為序。

徐世榮
一九八七年元旦於北京

# 作者的話

《初學普通話》這本書是普通話課程的課本，也是自學課本。既是普通話教師施教的依據，也是學生學習材料。自一九八七年出版至今經改版及再版二十多次，銷量直線上升，深受學生學習教師施教的歡迎。

三十年來，香港邁進了新的歷史時期。面對國內經濟開放，香港回歸祖國、經濟轉型、教育改革等重大變化，要跟內地做生意的人士、政府公務員及廣大的學生群體與內地各對口機構、學校交流、互訪都要用普通話溝通。《初學普通話》就是在這個大形勢下，為各界人士學習普通話發揮了很大的作用，功不可沒。

本書的特點在內容上與香港人的生活、工作相結合，如打招呼、問候語、數目字、稱呼和職業、打電話、日期時間及衣食住行等，都是人們在交際活動中常說常用的普通話。本書還突出在普通話口語表達方面，從詞彙、句式、對話及發音技能全面學。這是一本實用性很強的好教材。

進入廿一世紀，香港地區繼續推行兩文（中文、英文）三語（普通話、粵語、英語）。普通話成為小學核心課程，也是中學會考科目之一。不少商貿界人士及公務員經過學習，普通話已經具備了一定的水平。隨着整個香港社會的發展，普通話在語言交際中的地位大大提高。今後對普通話教學的要求將會越來越高。面對這一新形勢，普通話的教學方法及教材就要不斷地提高革新。因此，我們對《初學普通話》進行了一些修訂更新，以符合時代的需要，使它能繼續為各界人士做貢獻。

這本《初學普通話》是本人所編寫的普通話系統教材中的第一本，適合初學程度的人士選讀。書中配有錄音檔便於練習，既可訓練聆聽能力，又可隨時聽、隨時學、隨時說。

本書第 1-15 課的語言示範
檔案可掃描此 QR Code，
從網站中下載 MP3 收聽。

# 目　錄

序（徐世榮）.................................................................2

作者的話 .................................................................3

第一課　問候語和客氣話.................................................9
讀音分辨（8組）．詞語對照（7組）．表達習慣（"哪裏"、"勞駕"及其他）

語音：四聲．輕聲

第二課　數目字 .........................................................17
讀音分辨（8組）．詞語對照（10組）．表達習慣（"幾"、"多少"及其他）

語音：韻母．單韻母 a o e ê i u ü

第三課　稱呼和職業.....................................................25
讀音分辨（8組）．詞語對照（12組）．表達習慣（"爺爺"、"奶奶"及其他）

語音：聲母．雙唇音 b p m、齒唇音 f、舌尖音 d t n l．音節和拼音

第四課　打電話 .........................................................33
讀音分辨（8組）．詞語對照（7組）．表達習慣（"佔線"、"串線"及其他）

語音：舌根音 g k h．複韻母 ai ei ao ou

第五課　　日期和時間 .................................41
讀音分辨(6組)・詞語對照(10組)・表達習慣("日"説作
"號"及其他)

**語音：鼻韻母 an en ang eng ong 及前後鼻韻母的分辨**


第六課　　談天氣 .................................49
讀音分辨(7組)・詞語對照(10組)・表達習慣("涼"、
"冷"、"凍"及其他)

**語音：舌面音 j q x・複韻母 ia ie iao iou （-iu）**


第七課　　衣着 .................................57
讀音分辨(8組)・詞語對照(11組)・表達習慣("尺寸"、
"號""碼"及其他)

**語音：鼻韻母 ian in iang ing iong 及前後鼻韻母的分辨**


第八課　　上菜市場 .................................65
讀音分辨(7組)・詞語對照(14組)・表達習慣("炒、炸、
煎、煮"及其他)

**語音：舌尖後音 zh ch sh r・複韻母 ua uo uai uei （-ui）**


第九課　　居住 .................................73
讀音分辨(8組)・詞語對照(10組)・表達習慣("屋"、"房"
及其他)

**語音：舌尖前音 z c s・鼻韻母 uan uen （-un）uang ueng**

第十課 　交通工具.................................83
讀音分辨(8組)‧詞語對照(17組)‧表達習慣("倒車"、"換車"及其他)

**語音：複韻母 üe‧鼻韻母 üan ün‧捲舌韻母 er 與兒化韻**

第十一課 看病.................................91
讀音分辨(7組)‧詞語對照(12組)‧表達習慣("醫生"、"大夫"及其他)

**語音：較難聲母的分辨‧聲母總複習**

第十二課 體育活動.................................99
讀音分辨(8組)‧詞語對照(12組)‧表達習慣("渾身"、"待着"及其他)

**語音：韻母總複習及 y w 的使用**

第十三課 請客吃飯.................................107
讀音分辨(8組)‧詞語對照(12組)‧表達習慣(腥、餿、臊、膻及其他)

**語音：變調（一）：上聲的變調**

第十四課 談旅遊.................................115
讀音分辨(7組)‧詞語對照(8組)‧表達習慣("照相"、照相機"及其他)

**語音：變調（二）："一"和"不"的變調**

**第十五課 過年** ...........................123
　　讀音分辨(8組)‧詞語對照(7組)‧表達習慣("給紅包"、
　　"發工資"及其他)


**古詩五首** ...........................129

**附錄一　常用中國地名** ...........................134

**附錄二　漢語拼音方案** ...........................136

**附錄三　普通話語音音節表** ...........................139

WENHOU YU HE KE QI HUA
## 問候語 和 客氣話

### 詞語

🎧 0101.mp3

| zǎo 早 | huānyíng 歡迎 | qǐngjìn 請進 | jièshào 介紹 | guìxìng 貴姓 | rènshi 認識 |
|---|---|---|---|---|---|
| hǎo 好 | kè qi 客氣 | xìnghuì 幸會 | láojià 勞駕 | xièxie 謝謝 | bàoqiàn 抱歉 |
| máng 忙 | hǎojiǔ 好久 | gōngzuò 工作 | xué xí 學習 | chūchāi 出差 | zàijiàn 再見 |

### 句子

🎧 0102.mp3

Nín hǎo　Huānyíng huānyíng　Nín qǐng jìn
1. 您 好！歡迎，歡迎！您 請 進！

Qǐng wèn nín guìxìng　Zhè shì wǒde míngpiàn
2. 請 問 您 貴姓？這 是 我的 名片。

Wǒ lái gěi nín jièshào zhè wèi shì Huáng zhǔrèn
3. 我 來 給 您 介紹，這位 是 黃 主任。

Xìnghuì　xìnghuì　Rènshi nín hěn gāoxìng　yǐ hòu háiyào qǐng nín duō guānzhào
4. 幸會！幸會！認識 您 很 高興，以後 還要 請 您 多 關照！

Nǎ li　Nǎ li　Nín guòjiǎng le
5. 哪裏！哪裏！您 過 獎 了！

Duì bu qǐ　wǒ yǒu diǎnr shì yào xiān zǒu le　dānwu nín zhème cháng shíjiān
6. 對不起，我 有 點兒 事 要 先 走 了，耽誤 您 這麼 長 時間。

Máng shénme　zài zuò yí huìr ba
7. 忙 什麼，再 坐 一會兒 吧！

Duōkuī le nínde bāngzhù　gěi wǒ jiějuéle yíge dà wèntí
8. 多虧 了 您的 幫助，給 我 解決了 一個 大 問題。

Hěn bào qiàn míng tiān wǒ méi kòngr péi nǐ qù mǎi dōng xi
9. 很 抱歉，明天 我 沒 空兒 陪 你 去 買 東西。

Bú kè qi　wǒ sòng nín　màn zǒu　zài jiàn
10. 不客氣，我 送 您，慢走，再見！

陳：
Wáng xiānsheng zǎo
王 先 生 早！

王：
Chén xiǎojie zǎo　　Hǎojiǔ bú jiàn le　　gōngzuò máng ma　　Shēn tǐ hǎo ma
陳 小 姐 早！好 久 不 見 了，工 作 忙 嗎？身 體 好 嗎？*

陳：
Shēn tǐ háihǎo　　Gōngzuò hěn máng　　zuìjìn jīngcháng yào qù Běijīng chūchāi
身 體 還 好。工 作 很 忙，最 近 經 常 要 去 北 京 出 差，
wǒ zhèng zài xué pǔtōnghuà ne
我 正 在 學 普 通 話 呢？

王：
Wǒ yě hěn xūyào xué
我 也 很 需 要 學。

陳：
Shì a　　Xuéhuì le pǔtōnghuà　　dào quánguó gè dì　　Táiwān zuò shēng yi
是 啊！學 會 了 普 通 話，到 全 國 各 地、台 灣 做 生 意、
lǚ yóu　　jiù fāngbiàn de duō le
旅 遊，就 方 便 得 多 了。

王：
Láo jià　　Nín bāng wǒ mǎi yì běn xué pǔtōnghuà de shū xíng ma
勞 駕！您 幫 我 買 一 本 學 普 通 話 的 書 行 嗎？

陳：
Nín kàn zhè běn shū hǎo-buhǎo　　Hái pèi yǒu liǎng zhāng guāngpán
您 看 這 本 書 好 不 好？還 配 有 兩 張 光 盤。

王：
A　　Hěn hǎo　　Búguò　　wǒ zǒng yǒu diǎnr dānxīn xué-buhuì
啊！很 好。不 過，我 總 有 點 兒 擔 心 學 不 會。

陳：
Qíshí　　xué pǔtōnghuà zhǐyào duō tīng　　duō shuō　　duō liàn xi　　chí zhī yǐ
其 實，學 普 通 話 只 要 多 聽、多 說、多 練 習，持 之 以
héng　　jiù yídìng néng xué huì de
恆，就 一 定 能 學 會 的。

王：
Xièxie nínde zhǐjiào　　Yǐhòu děi duōduō xiàng nín xuéxí
謝 謝 您 的 指 教。以 後 得 多 多 向 您 學 習。

陳：
Nín tài kè qi la　　Zàijiàn
您 太 客 氣 啦！再 見！

---

*（註）　"啊"、"哎"、"喂"、"唉"、"嗯" 等一些表示強烈感情以及表示招呼或答的嘆詞，
　　　　其聲調經常隨着講話時感情與場合的不同而有所改變，所以本書在嘆詞上面都不標調號。

## 普通話應該怎麼說

### 一、讀音分辨

🎧 0104.mp3

| | | | | | |
|---|---|---|---|---|---|
| wáng 王 | — | huáng 黃 | shào 紹 | — | xiào 笑 |
| zǎo 早 | — | zhǎo 找 | jiè 介 | — | gài 蓋 |
| chén 陳 | — | chéng 程 | pǔ 普 | — | pǎo 跑 |
| xiè 謝 | — | jiè 借 | xí 習 | — | zá 雜 |

### 二、詞語對照

| 普通話 | 廣州話 | 普通話 | 廣州話 |
|---|---|---|---|
| 早<br>（指問候語的早） | 早晨 | 説話、講話 | 講説話 |
| 名片 | 卡片 | 不耽誤你了 | 唔阻你喇 |
| 好久 | 好耐 | 上課 | 上堂 |
| 沒空 | 唔得閒 | | |

### 三、表達習慣

1. 廣州話和普通話有時語序先後不一樣，我們必須加以注意。如，廣州話説"我行先喇"，普通話要説成"我先走啦"。又如，廣州話説"坐多一陣"，普通話要説成"多坐一會兒"。

2. 哪裏，哪裏：這是普通話裏用來回答別人對自己誇獎的謙詞。如："您這本書寫得很好。""哪裏，哪裏。"

3. 勞駕：普通話裏向人家請教、請別人幫忙、問路或請人讓路時的客氣話。比如：
   ① 勞駕，讓我過去！
   ② 這封信勞駕交給李董事長。
   ③ 勞駕，請問到火車站怎麼走？

4. "您"是"你"的尊稱,對長輩、老師、上司、年紀大的人用"您"稱呼表示尊敬。對不熟悉的平輩,禮貌上有時也用"您"。
   尊稱的對象如果是複數,則習慣説:"您兩位"、"您三位"、"諸位"而不説"您們"。

## 一、聲調

聲調就是一個字發音時高、低、升、降的變化。普通話裏有四個聲調。

| 調類 | | 調值(聲調高低升降的實際讀法) | 調號 | 例字 |
|---|---|---|---|---|
| 第一聲 | 陰平 | 高 5 ——— 55 高平 | mā | 媽 |
| 第二聲 | 陽平 | 半高 4 ——— | má | 麻 |
| 第三聲 | 上聲 | 中 3 ——— 35 中升 | mǎ | 馬 |
| | | 半低 2 ——— 214 降升 | | |
| 第四聲 | 去聲 | 低 1 ——— 51 全降 | mà | 罵 |

## 二、四聲練習

0105.mp3

| ā 啊 | á 啊 | ǎ 啊 | à 啊 |
|---|---|---|---|
| ī 衣 | í 移 | ǐ 椅 | ì 意 |
| ū 屋 | ú 吳 | ǔ 五 | ù 物 |

| mā 媽 | má 麻 | mǎ 馬 | mà 罵 |
|---|---|---|---|
| dī 低 | dí 笛 | dǐ 底 | dì 地 |
| tū 突 | tú 途 | tǔ 土 | tù 兔 |

### 三、聲調有區別語義的作用

🎧 0106.mp3

| | |
|---|---|
| 山東——山洞 | 司機——四季 |
| 搬家——半價 | 看書——砍樹 |
| 大魚——大雨 | 完了——晚了（註） |

我是坐飛機，不是買肥雞　　我是去上課，學的是商科

### 四、輕聲

🎧 0107.mp3

除四聲之外，還有一種輕聲，就是把音節（字音）唸得又輕又短。讀輕聲的音節書寫時不標聲調符號。如 wǒmen 我們、nǐde 你的，後一個字都是輕聲。

練習

| | | | |
|---|---|---|---|
| 哥哥 | 先生 | 姐姐 | 太太 |
| 我們 | 哪裏 | 這個 | 好嗎 |
| 桌子 | 箱子 | 椅子 | 筷子 |
| 對了 | 聽着 | 他呢 | 天上 |

（註）字上面有 • 號的，讀輕聲。下同此。

## 一、按四聲次序讀讀下列詞語

| ˉ ˊ ˇ ˋ<br>高 揚 轉 降 | ˉ ˊ ˇ ˋ<br>多 讀 幾 遍 | ˉ ˊ ˇ ˋ<br>非 常 好 記 |
|---|---|---|
| ˉ ˊ ˇ ˋ<br>中 華 偉 大 | ˉ ˊ ˇ ˋ<br>山 河 美 麗 | ˉ ˊ ˇ ˋ<br>風 調 雨 順 |

## 二、讀下面詞語，注意聲調對區別意義的作用

| zhū zi（珠子） | zhú zi（竹子） |
|---|---|
| zhǔ zi（主子） | zhù zi（柱子） |

## 三、讀讀下列字音並標上聲調符號

| （　）（　）<br>早　好 | （　）（　）<br>工　作 | （　）（　）<br>主　任 |
|---|---|---|
| （　）（　）（　）<br>普 通 話 | （　）（　）<br>請　進 | （　）（　）<br>再　見 |

## 四、普通話怎麼説

1. 早晨，好耐冇見！
2. 唔該，畀嗰本書我。
3. 唔該，畀杯茶我。
4. 我要趕住去上堂，我行先喇！

## 五、談談説説

1. 説説你對學習普通話的需要和興趣。
2. 練習在初次見面和好久不見時的問候語和客氣話。

## 答案

### 三、讀讀下列字音並標上聲調符號

| ( ˇ )( ˇ )<br>早好 | ( - )( ˋ )<br>工作 | ( ˇ )( ˋ )<br>主任 |
|---|---|---|
| ( ˇ )( - )( ˋ )<br>普通話 | ( ˇ )( ˋ )<br>請進 | ( ˋ )( ˋ )<br>再見 |

### 四、普通話怎麼説（參考答案，以下同此）

1. 早，好久沒見！
2. 勞駕，給我那本書。
3. 勞駕，給我一杯茶。
4. 我要趕着上課去，我先走了！

# 第二課

## SHU MU ZI
# 數目字

---

### 詞語 🎧 0201.mp3

| líng | yī | èr | sān | sì | wǔ | liù |
|------|-----|-----|-----|-----|-----|-----|
| 零 | 一 | 二 | 三 | 四 | 五 | 六 |
| qī | bā | jiǔ | shí | bǎi | qiān | wàn |
| 七 | 八 | 九 | 十 | 百 | 千 | 萬 |
| yì | yuán | jiǎo máo | | háo | fēn | bèishù |
| 億 | 圓 | 角（毛） | | 毫 | 分 | 倍數 |

---

### 句子 🎧 0202.mp3

1. <small>Yì nián yǒu shí'èr ge yuè　　Dà yuè yǒu yī yuè　　sānyuè　　wǔyuè　　qī yuè</small>
一 年 有 十 二 個 月 。 大 月 有 一 月 、 三 月 、 五 月 、 七 月 、
<small>bāyuè　　shíyuè　　shí'èryuè　　dōushì sānshi yī tiān</small>
八 月 、 十 月 、 十 二 月 ， 都 是 三 十 一 天 。

2. <small>Jīntiān shàng dì-èr kè　　bǎ shū dǎkāi　　fāndào dì-jiǔ yè</small>
今 天 上 第 二 課 ， 把 書 打 開 ， 翻 到 第 九 頁 。

3. <small>Xīn lì　　nǐ jǐ suì le　　Nǐ fùqin duō dà nián jì le</small>
新 利 ， 你 幾 歲 了 ？ 你 父 親 多 大 年 紀 了 ？

4. <small>Gōng sī de dì zhǐ zài Mí dūndào　　ménpái shì sì bǎi jiǔshísān hào</small>
公 司 的 地 址 在 彌 敦 道 ， 門 牌 是 四 百 九 十 三 號 。

5. <small>Dé yì jí tuán jīnnián yíng lì wǔshíliù yì měiyuán　　bǐ qùnián zēngjiā sì bèi</small>
得 益 集 團 今 年 盈 利 五 十 六 億 美 元 ， 比 去 年 增 加 四 倍 。

6. <small>Wǒ zài Běijīng mǎi dōng xi　　huā le jiāngjìn yì qiān kuài Rénmínbì</small>
我 在 北 京 買 東 西 ， 花 了 將 近 一 千 塊 人 民 幣 。

7. <small>Zhèshì nín yòng měiyuán duìhuàn de gǎngbì　　yígòng shì qī qiān jiǔbǎi liùshísì</small>
這 是 您 用 美 元 兌 換 的 港 幣 ， 一 共 是 七 千 九 百 六 十 四
<small>yuán　　qǐng nín diǎn yíxià</small>
元 ， 請 您 點 一 下 。

8. <small>Gǎng lì　　zhèi cì chūshòu sì shí wàn gǔ　　zhàn quánbù zī jīn bǎi fēn zhī sānshí sì</small>
"港 力" 這 次 出 售 四 十 萬 股 ， 佔 全 部 資 金 百 分 之 三 十 四
<small>diǎnr bā</small>
點 兒 八 。

9. Mùqián zhèlǐ yǒu yìbǎi líng sì ge diànyǐngyuàn，quán nián diànyǐng guānzhòng
目前 這裏 有 一百 零四 個 電影院 ，全 年 電影 觀眾
yǒu wǔqiān bābǎi wàn réncì
有 五千 八百 萬 人次。

10. Wǒmen jiā měiyuè de shuǐdiànfèi、diànhuàfèi、méiqì fèi、guǎnlǐfèi、chāi
我們 家 每月 的 水電費 、電話費 、煤氣費 、管理費 、差
xiǎngfèi、chàbuduō yào jiāo sānqiān sìbǎi duō kuài qián
餉 費 、差不多 要 交 三千 四百 多 塊 錢。

---

🎧 0203.mp3

## 課文

Nín měi tiān jǐ diǎn shàngbān a
甲：您 每 天 幾點 上班 啊？

Bā diǎn bàn shàngbān　Qī diǎn chū mén，zuò dì-tiě sìshí fēn zhōng jiù
乙：八點 半 上班。七 點 出 門，坐 地鐵 四十 分 鐘 就
dào le
到 了。

Sānbǎi kuài qián de bādátōng chēpiào，nín néng yòng jǐ tiān
甲：三百 塊 錢 的 八達通 車票，您 能 用 幾 天？

Zuì duō yòng shí tiān
乙：最多 用 十 天。

Nínde jiāotōng fèi hěn guì a，zài jiā shang chīfàn，měitiān yòng bùshǎo
甲：您的 交通 費 很 貴 啊，再 加 上 吃飯，每天 用 不少
qián a
錢 啊！

Kě-bushì　Zhōngwǔ chī yí ge tàocān，huò shì chǎofàn、chǎomiàn、zài
乙：可不是！中午 吃 一 個 套餐，或 是 炒飯、 炒麵、 再
jiā yì bēi yǐnliào　yě děi liù、qīshí kuàiqián　Nǐ ne
加 一 杯 飲料，也 得 六、七十 塊錢。你 呢？

Wǒ zhù de lí gōngsī jìn，jīngcháng zǒuzhe shàngbān，shíwǔ fēn zhōng jiù
甲：我 住的 離 公司 近，經常 走着 上班，十五 分 鐘 就
dào le
到 了。

Nǐ zhù de fángzi shì zū de hái shi mǎi de
乙：你 住的 房子 是 租 的 還是 買 的？

Shì zū de　Fángzū yào jiǔqiān sìbǎi kuài qián
甲：是 租 的。 房租 要 九千 四百 塊 錢。

Yě tǐng guì de　Chīfàn ne
乙：也 挺 貴 的。 吃飯 呢？

甲：Gōngsī yǒu cāntīng bǐ wàimian piányi de duō le
公司有餐廳，比外面便宜得多了。

乙：Nǐmen zhèige gōngsī yǒu hěn duō rén ba
你們這個公司有很多人吧？

甲：Zhěngge jítuán yǒu sìqiān liùbǎi duō rén Wǒ suǒ zài de gōngsī yǒu sānbǎi
整個集團有四千六百多人。我所在的公司有三百
sìshí rén Cāntīng jiù zài sānshijiǔ lóu
四十人。餐廳就在三十九樓。

乙：Zhēn fāngbiàn a Nǐmen mǎi zìjǐ gōngsī de chǎnpǐn yǒu yōudài ma
真方便啊！你們買自己公司的產品有優待嗎？

甲：Yǒu Qīzhé yōudài
有！七折優待。

乙：Yǐhòu qǐng nǐ bāng wǒ mǎi yí bù diànnǎo xíng ma
以後請你幫我買一部電腦行嗎？

甲：Xíng Méi wèntí
行！沒問題。

## 一、讀音分辨

🎧 0204.mp3

| sì<br>四 | — | shí<br>十 | | wàn<br>萬 | — | màn<br>慢 |
|---|---|---|---|---|---|---|
| liù<br>六 | — | liú<br>流 | | bā<br>八 | — | bái<br>白 |
| kǒu<br>口 | — | hǒu<br>吼 | | duōbàn<br>多半 | — | duōbèn<br>多笨 |
| jiāolóu<br>交樓 | — | gāolóu<br>高樓 | | diànnǎo<br>電腦 | — | diànlú<br>電爐 |

## 二、詞語對照

| 普通話 | 廣州話 | 普通話 | 廣州話 |
|---|---|---|---|
| 元（塊） | 蚊 | 十來個人 | 十零人 |
| 零錢 | 散紙 | 二十多（歲） | 廿鬆啲 |
| 便宜 | 平 | 一點兒 | 啲咁多 |
| 值得 | 抵 | 飲料 | 飲品 |
| 吃午飯 | 食晏 | 電影院 | 戲院 |

## 三、表達習慣

1. 廣州話和普通話在對數目提問時有些不同，廣州話習慣問"幾"、"幾多"；而普通話則習慣問"幾"，"多少"。一般來説，普通話對小數目提問常用"幾"，而對大的數目提問則常用"多少"。比如：
   你的書包裏有幾本書？
   這個圖書館裏有多少藏書？
2. 內地通行的貨幣是人民幣，它的單位是"元、角、分"，在口語裏，"元"常常説作"塊"，"角"常常説作"毛"。比如：
   "一百塊"，"三塊八毛"。

3. 買東西結賬時，廣州話習慣説"計數"，而普通話則習慣説"算"。
   比如：
   請你算一算，這些東西一共要多少錢？
4. 交接款項時，廣州話習慣説"請你數一數"或"啱唔啱數"，普通話
   除了説"請你數一數"，也説"請你點一點"或"請你當面點清"。

## 語音

### 一、韻母

韻母發音響亮，聲帶振顫，發音時氣流通過口腔時不受阻礙。如媽
ma中的"a"就是韻母。
韻母分為單韻母、複韻母、鼻韻母、捲舌韻母和舌尖韻母，共
三十九個。

### 二、單韻母有七個：單韻母是複韻母、鼻韻母 　　0205.mp3
### 　　的發音基礎。

a　o　e　ê　i　u　ü

| | | |
|---|---|---|
| a（啊） | fādá 發達 | lǎba 喇叭 |
| o（喔） | bóbo 伯伯 | mòmò 默默 |
| e（婀） | hégé 合格 | kèchē 客車 |
| ê（誒） | jiějie 姐姐 | jiějué 解決 |
| i（衣） | dìdi 弟弟 | jítǐ 集體 |
| u（屋） | gūmǔ 姑母 | túshū 圖書 |
| ü（淤） | lǚjū 旅居 | xùqǔ 序曲 |

拼寫規則

1. i、u、ü自成音節時i、ü加y、u加w，寫成yī(衣)wū(屋)yū(淤)。

2. ü和j、q、x相拼以及自成音節時省去上面的兩點。如jū(居)qū(區) xū(需)yū(淤)。

3. ê只在i、ü後面出現，拼寫時省去"^"。如jiě解，jué決。

## 三、對比辨音

🎧 0206.mp3

| o | e | i | ü |
|---|---|---|---|
| guò 過 | gè 各 | yì 意 | yù 預 |
| pōshuǐ 潑水 | hēshuǐ 喝水 | fǎlì 法例 | fǎlǜ 法律 |

## 四、拼讀詞語

| | | |
|---|---|---|
| Bālí 巴黎 | yìyì 意義 | nǎli 哪裏 |
| dàyǔ 大雨 | dàhé 大河 | názhe 拿着 |

## 練習

### 一、數目字的聲高

1. 四聲練習

| - ´ ˇ ` | ` ˇ ´ - |
|---|---|
| 一 十 五 四 | 六 百 零 七 |
| - - ˉ - | ´ ´ ´ ´ |
| 一 三 七 八 | 零 十 圓 毫 |
| ˇ ˇ ˇ ˇ | ` ` ` ` |
| 五 九 百 角 | 二 四 六 個 |

2. 十夾在中間讀輕聲

| ` · ˇ | - · ` | ` · - | ˇ · - |
|---|---|---|---|
| 二 十 五 | 三 十 六 | 四 十 七 | 五 十 八 |
| ˇ · ` | ` · ` | - · ` | - · ˇ |
| 五 十 二 | 六 十 三 | 七 十 四 | 八 十 五 |

## 二、量詞搭配

## 三、讀讀下列與數字有關的詞語

| jiā<br>加（＋） | jiǎn<br>減（－） | chéng<br>乘（×） | chú<br>除（÷） | bǎifēnbǐ<br>百分比（％） |
|---|---|---|---|---|
| děnghào<br>等 號（＝） | língdiǎnwǔ<br>零 點 五（0.5） | | sānfēnzhī yī<br>三分之一（⅓） | |

## 四、填上單韻母

| 八 | 合 | 姐 | 佛 | 突 | 女 |
|---|---|---|---|---|---|
| b | h | ji | f | t | n |

## 五、談談說説

1. 談談你每天所需要説的有關數字。
2. 談談你所知道的學校、公司以及各地人口數字。

## 答案

### 四、填上單韻母

| 八 | 合 | 姐 | 佛 | 突 | 女 |
|---|---|---|---|---|---|
| ba | he | jie | fo | tu | nü |

**23**

# 第三課

## CHENG HU HE ZHI YE
## 稱 呼 和 職 業

### 詞語　🎧 0301.mp3

| bà ba | mā ma | yé ye | lǜ shī | gōng chéng shī |
|-------|-------|-------|--------|----------------|
| 爸爸 | 媽媽 | 爺爺 | 律師 | 工 程 師 |
| nǎi nai | bó fù | shū shu | jiào shī | kuài jì shī |
| 奶奶 | 伯父 | 叔叔 | 教師 | 會 計師 |
| jiù jiu | jiù mā | xiān sheng | yī shēng | gōng wù yuán |
| 舅舅 | 舅媽 | 先 生 | 醫生 | 公 務 員 |
| tài tai | xiǎo jie | nǚ shì | hù shi | shòu huò yuán |
| 太太 | 小姐 | 女士 | 護士 | 售 貨 員 |

### 句子　🎧 0302.mp3

1. 　　Wǒ de lǎoshī táo-lǐ mǎn tiānxià　　dé gāo-wàng zhòng　　Xuésheng jiào tā Xú jiào
我的 老師 桃 李 滿 天下 ，德高 望 重 。學生 叫 他 徐 教
shòu 　　péngyoumen zūn chēng tā Xú lǎo
授 ， 朋友們 尊 稱 他 徐 老 。

2. 　　Yǐqián rénjia jiào wǒ xiǎo Zhāng　　xiànzài jiào lǎo Zhāng　　hái zi men jiào wǒ
以前 人家 叫 我 小 張 ， 現在 叫 老 張 ， 孩子們 叫 我
Zhāng bó bo 　　gōngrénmen jiào wǒ Zhāng shī fu
張 伯伯 ，工人們 叫 我 張 師傅 。

3. 　　Biǎojiě zài hángkōng gōng sī gōngzuò　　shì kōngqín rényuán　　měi nián tā dōu dài
表姐 在 航 空 公司 工作 ，是 空勤 人員 ，每 年 她 都 帶
wǒ qù Jiānádà kàn wàng wài zǔ fù　　wài zǔ mǔ
我 去 加拿大 看 望 外祖父 、 外祖母 。

4. 　　Xīnshì jí tuán zài bàoshang xuān bù　　wěirèn Liáng lì xiānsheng wèi shǔxià bǎo
新氏 集團 在 報上 宣佈 ， 委任 梁 力 先生 為 屬下 保
xiǎn gōng sī jīng lǐ
險 公司 經理 。

5. 　　Shūshu shì xiānggǎng hǎiguān rényuán　　zài Luóhú shàng bān　　shěnr shì jǐngchá
叔叔 是 香港 海關 人員 ，在 羅湖 上 班 ，嬸兒 是 警察
jú de dūchá 　　yě zài Xīnjiè Qū shàngbān
局的 督察 ，也 在 新界 區 上班 。

6. 鍾　先　生　伉　儷　和　魏　小姐　明天　下午　為　我　公司　開幕
　剪綵　。

7. 姐夫　在　銀　行　工作　多年　，　最近　由　押匯部　主管　提升　為　分
　行　副經理　了　。　姐姐　還　在　酒店　做　公關　經理　。

8. 老闆　已經　上任　地產　投資　公司　董事　經理　，　人事部　通知
　我　也　要　調到　地產　公司　。

9. 明天　岳父　、　岳母　從　新加坡　來　香港　，　我　和　太太　要　去　機
　場　接　他們　。

10. 我們　小學　時　是　同學　，　現在　是　同事　，　又　是　最　知己　的　好
　朋友　，　無話不說　。

---

**課文**  🎧 0303.mp3

甲：您　家裏　有　幾　口　人　？

乙：有　爺爺　、　奶奶　、　爸爸　、　媽媽　、　哥哥　、　嫂子　、　妹妹　，　還
　有　姪子　、　姪女　和　我　，　一共　十口　人　。

甲：哦　！　一家　四　代　同堂　，　真是　十分　難得　啊　！

乙：是　啊　，　我的　哥哥　在　政府　機關　工作　，　是　行政　處長　，
　嫂子　是　進出口　公司　的　會計　科　科長　，　姪子　、　姪女　上　小
　學　，　妹妹　是　電台　的　播音員　，　他們　都　在　內地　。

甲：您　做　哪　一　行　？

乙：我大學畢業後當過教師，以後轉行到報社做編輯。目前在貿易公司做業務經理。

甲：聽說您姑媽也在那兒做事？

乙：不是，她在入境事務處工作，是高級主任。哎！你的女朋友呢？我上次見過她，挺漂亮的。

甲：您過獎了，她在美國讀完博士學位，剛回來不久。

乙：你們在一塊兒工作嗎？

甲：不，她是土木工程公司的工程師，我是外科醫生。

乙：什麼時候請我們喝喜酒啊？

甲：還早着呢！等到雙方的事業都有一定的基礎，再結婚也不晚。

乙：你說得很對！

## 一、讀音分辨

0304.mp3

| | | | |
|---|---|---|---|
| chēng 稱 — qīng 清 | | hū 呼 — fū 夫 | |
| hù 護 — wù 霧 | | jí 集 — zá 雜 | |
| táohuā 桃花 — túhuà 圖畫 | | rùjìng 入境 — rùjǐng 入井 | |
| yèwù 業務 — yèmù 夜幕 | | zhī jǐ 知己 — zì jǐ 自己 | |

## 二、詞語對照

| 普通話 | 廣州話 | 普通話 | 廣州話 |
|---|---|---|---|
| 岳父(老丈人) | 外父 | 警察局 | 差館(口語舊稱) |
| 岳母(丈母娘) | 外母 | 警察 | 差人(口語舊稱) |
| 娘家 | 外家 | 老闆、掌櫃的 | 老細、事頭 |
| 公公 | 老爺(家公) | 作主、決定事 | 話事 |
| 婆婆 | 奶奶(家婆) | 喝喜酒 | 請飲 |
| 兒媳婦 | 新抱 | 夫妻倆(兩口子) | 兩公婆 |

## 三、表達習慣

1. 對親屬的稱呼，廣州話和普通語裏有一些差異，必須留意。
   ①對祖父母的稱呼，廣州話和普通語裏叫"阿爺"、"阿嫲"，普通話的口語裏則叫"爺爺"、"奶奶"。
   ②對外祖父母的稱呼，廣州話的口語裏叫"公公"、"婆婆"，普通話的口語裏則叫"姥爺"、"姥姥"(南方地區叫"外公"、"外婆")。
   ③對伯父母的稱呼，廣州話的口語裏叫"阿伯"、"大伯娘"，普通話的口語裏則叫"大爺"、"大媽"。

2. 內地熟人之間的稱呼往往在對方的姓前面加個"老"字，如；老王、老李。對德高望重的老人家，則把"老"字加在姓的後面，如：王老、李老。對青年人，則往往在姓的前面加個"小"字以表示親切，如：小李、小王。

## 語音

### 一、聲母

🎧 0305.mp3

聲母發音不響亮，多數聲帶不振顫，發音時氣流通過口腔或鼻腔時，受到唇、齒、舌位的不同阻礙而發出的音。

普通話有二十一個聲母。分為雙唇、齒唇音、舌尖音、舌根音、舌面音、舌尖後音（翹舌音）、舌尖前音（平舌音）。

1. 雙唇音 b p m 齒唇音 f

| b（玻） | bóbo 伯伯 | běibù 北部 |
| p（坡） | pópo 婆婆 | pīngpāng 乒乓 |
| m（摸） | māma 媽媽 | mèimei 妹妹 |
| f（佛） | fēngfù 豐富 | fēnfāng 芬芳 |

對比辨音 b 和 p

| b | p |
| --- | --- |
| yàngběn 樣本 | yàngpǐn 樣品 |
| hěnbàng 很棒 | hěnpàng 很胖 |
| yībiàn 一遍 | yīpiàn 一片 |

## 2. 舌尖音 d t n l

| | | |
|---|---|---|
| d（德） | dàdì 大地 | diàndēng 電燈 |
| t（特） | téngtòng 疼痛 | tuántǐ 團體 |
| n（呢） | nǎonù 惱怒 | niúnǎi 牛奶 |
| l（勒） | lǐlùn 理論 | lúnliú 輪流 |

對比辨音 n 和 l

| n | l |
|---|---|
| niándài 年代 | liándài 連帶 |
| niúhuáng 牛黃 | liúhuáng 硫磺 |
| dànù 大怒 | dàlù 大路 |

## 二、音節和拼音

普通話音節是由二十一個聲母和三十九個韻母，按照一定配合關係結合而成的，基本音節有四百個，加上聲調變化，共有一千二百多個音節。

拼音就是將聲母和韻母拼合在一起，成為一個音節。如：f-a 拼成 fa（發）、f-ei 拼成 fei（非）。拼音方法是：聲母發音輕短，一口氣和韻母連讀拼成一個音節。

拼音口訣：「聲母輕短，韻母重，兩音相連猛一碰。」

拼音練習

| | | |
|---|---|---|
| b-a ba （八） | d-i di （低） |
| p-o po （坡） | t-u tu （突） |
| m-a ma （媽） | n-ü nü （女） |
| f-a fa （發） | l-e le （勒） |

## 三、拼讀詞語

| | | | |
|---|---|---|---|
| fādá 發達 | nǔlì 努力 | dìtú 地圖 | dàmǐ 大米 |
| fùnǚ 婦女 | dìdi 弟弟 | bófù 伯父 | dàlù 大路 |

## 練習

### 一、寫出下列字音的聲母、韻母

（　）（　）　　　　（　）（　）　　　　（　）（　）　　　　（　）（　）
　玻　璃　　　　　　發　怒　　　　　　利　率　　　　　　夫　婦

### 二、句式替換

1. 我是

| 教師 | 學生 |
|---|---|
| 經理 | 秘書 |
| 醫生 | 護士 |
| 工程師 | 技術員 |
| 會計師 | 核數師 |
| 講師 | 律師 |
| 演員 | 導演 |
| 公務員 | 翻譯 |
| 售貨員 | 消防員 |
| 播音員 | 郵遞員 |
| 文員 | 記者 |

，你是　　　　　　。

2. 他/她的職務是

| 董事 | 董事長 | 主席 | 部長 |
|---|---|---|---|
| 會長 | 護士長 | 局長 | 司長 |
| 警長 | 校長 | 處長 | 科長 |
| 署長 | 助理署長 | 處長 | 科長 |
| 主任 | 所長 | 院長 | 廠長 |

3. 你在哪兒做事？

| | | | |
|---|---|---|---|
| | 政府部門 | 立法會 | 法院 |
| | 衛生署 | 警署 | 工商局 |
| 我在 | 海關 | 郵政局 | 電台 |
| | 銀行 | 商店 | 工廠 |
| | 學校 | 公司 | 醫院 |

工作。

### 三、普通話怎麼説

1. 家姐打電話搵佢個家婆。
2. 阿嫂琴日返咗外家。
3. 兩公婆同一間公司做嘢。
4. 姨媽、姑姐、姪仔，同埋婆婆一齊嚟！

### 四、談談説説

1. 説説你喜歡和從事過的各種職業。
2. 談談你家庭成員或親戚朋友的稱呼，其中哪一些是和普通話不同的。

## 答案

### 一、寫出下列字音的聲母、韻母

| （bo）（li） | （fa）（nu） | （li）（lü） | （fu）（fu） |
|---|---|---|---|
| 玻 璃 | 發 怒 | 利 率 | 夫 婦 |

### 三、普通話怎麼説

1. 姐姐打電話找她的婆婆。
2. 嫂子昨天回了娘家。
3. 他們夫妻倆在同一個公司做事。
4. 姨、姑姑、姪子和姥姥(外婆)一起來！

## DI-SIKE
# 第四課
## DA DIANHUA
# 打 電 話

🎧 0401.mp3

### 詞 語

| diànhuà | hàomǎ | shǒu jī | chuán hū jī | gōngyòngdiànhuà |
|---|---|---|---|---|
| 電 話 | 號 碼 | 手 機 | 傳 呼 機 | 公 用 電 話 |
| zhànxiàn | chuànxiàn | chuánzhēn | diànhuà kǎ | cháng tú diànhuà |
| 佔 線 | 串 線 | 傳 真 | 電 話 卡 | 長 途 電 話 |
| diànyóu | wúxiàndiànhuà | wúshéngdiànhuà | diànhuàgōng sī | |
| 電 郵 | 無 線 電 話 | 無 繩 電 話 | 電 話 公 司 | |

### 句 子

🎧 0402.mp3

1. 喂 ！ 這兒 是 教育署 ， 請 問 你 找 誰 ？
*Wei Zhèr shì Jiàoyùshǔ qǐng wèn nǐ zhǎo shuí*

2. 勞駕 ！ 我 找 天天 旅行社 林 少瑜 小姐 。
*Láojià Wǒ zhǎo Tiāntiān Lǚxíngshè Lín shàoyú xiǎojie*

3. 喂 ！ 是 華仁 公司 嗎 ？ 麻煩 你 ， 我 找 孫 經理 。
*Wei Shì Huárén Gōng sī ma Máfan nǐ wǒ zhǎo Sūn jīng lǐ*

4. 他的 電話 佔線 ， 請 等 一 會兒 再 打 來 吧 ！
*Tā de diànhuà zhànxiàn qǐng děng yí huìr zài dǎ lái ba*

5. 我 們 這兒 沒有 姓 黃 的 ， 你 打錯 電話 啦 ！
*Wǒ men zhèr méiyou xìng Huáng de nǐ dǎcuò diànhuà la*

6. 請 等等 ， 別 掛 電話 。…… 喂 ！ 真 不 巧 ， 他 剛 出 去 。 您 貴姓 ？
*Qǐng děngdeng bié guà diànhuà Wei Zhēn bù qiǎo tā gāng chū qu Nín guìxìng*

7. 請 他 給 我 回 電話 ， 我 的 電話 號 碼 辦公室 是 2 7 8 0 9 1 1 6 ， 手機 是 9 0 3 9 8 0 4 8 。
*Qǐng tā gěi wǒ huí diàn huà wǒ de diànhuà hào mǎ bàngōngshì shì èr qī bā líng jiǔ yāo yāo liù shǒu jī shì jiǔ líng sān jiǔ bā líng sì bā*

8. 別 忘 了 ， 明天 給 我 打 電話 ， 告訴 我 上課 的 時間 。
*Bié wàng le míng tiān gěi wǒ dǎ diànhuà gàosu wǒ shàngkè de shíjiān*

9. <ruby>昨<rt>Zuótiān</rt></ruby> <ruby>天<rt></rt></ruby> <ruby>接<rt>jiē</rt></ruby> <ruby>到<rt>dào</rt></ruby> <ruby>曾<rt>Zēng</rt></ruby> <ruby>先<rt>xiānsheng</rt></ruby> <ruby>生<rt></rt></ruby> <ruby>從<rt>cóng</rt></ruby> <ruby>台<rt>Táiwān</rt></ruby> <ruby>灣<rt></rt></ruby> <ruby>打<rt>dǎ</rt></ruby> <ruby>來<rt>lái</rt></ruby> <ruby>的<rt>de</rt></ruby> <ruby>電<rt>diànhuà</rt></ruby> <ruby>話<rt></rt></ruby> ， <ruby>説<rt>shuō</rt></ruby> <ruby>他<rt>tā</rt></ruby> <ruby>今<rt>jīntiān</rt></ruby> <ruby>天<rt></rt></ruby>
<ruby>不<rt>bùnéng</rt></ruby> <ruby>能<rt></rt></ruby> <ruby>來<rt>lái</rt></ruby> <ruby>香<rt>Xiānggǎng</rt></ruby> <ruby>港<rt></rt></ruby> <ruby>了<rt>le</rt></ruby> 。

10. <ruby>明<rt>Míngtiān</rt></ruby> <ruby>天<rt></rt></ruby> <ruby>你<rt>nǐ</rt></ruby> <ruby>有<rt>yǒu</rt></ruby> <ruby>空<rt>kòng</rt></ruby> <ruby>嗎<rt>ma</rt></ruby> ？ <ruby>我<rt>Wǒ</rt></ruby> <ruby>請<rt>qǐng</rt></ruby> <ruby>你<rt>nǐ</rt></ruby> <ruby>吃<rt>chī</rt></ruby> <ruby>晚<rt>wǎnfàn</rt></ruby> <ruby>飯<rt></rt></ruby> ， <ruby>我<rt>wǒ</rt></ruby> <ruby>已<rt>yǐjing</rt></ruby> <ruby>經<rt></rt></ruby> <ruby>打<rt>dǎ</rt></ruby> <ruby>電<rt>diànhuà</rt></ruby> <ruby>話<rt></rt></ruby> <ruby>訂<rt>dìng</rt></ruby>
<ruby>座<rt>zuòr</rt></ruby> <ruby>兒<rt></rt></ruby> <ruby>了<rt>le</rt></ruby> 。

## 課文

🎧 0403.mp3

**秘書：** <ruby>喂<rt>Wei</rt></ruby> ！ <ruby>這<rt>Zhèr</rt></ruby> <ruby>兒<rt></rt></ruby> <ruby>是<rt>shì</rt></ruby> <ruby>香<rt>Xiānggǎng</rt></ruby> <ruby>港<rt></rt></ruby> <ruby>利<rt>Lìníng</rt></ruby> <ruby>寧<rt></rt></ruby> <ruby>公<rt>gōngsī</rt></ruby> <ruby>司<rt></rt></ruby> 。 <ruby>您<rt>Nín</rt></ruby> <ruby>是<rt>shì</rt></ruby> <ruby>哪<rt>nǎr</rt></ruby> <ruby>兒<rt></rt></ruby> ？ <ruby>找<rt>Zhǎo</rt></ruby>
<ruby>誰<rt>shuí</rt></ruby> <ruby>啊<rt>a</rt></ruby> ？

**李：** <ruby>你<rt>Nǐ</rt></ruby> <ruby>好<rt>hǎo</rt></ruby> ！ <ruby>我<rt>Wǒ</rt></ruby> <ruby>是<rt>shì</rt></ruby> <ruby>北<rt>Běijīng</rt></ruby> <ruby>京<rt></rt></ruby> <ruby>外<rt>wàimào</rt></ruby> <ruby>貿<rt></rt></ruby> <ruby>公<rt>gōngsī</rt></ruby> <ruby>司<rt></rt></ruby> <ruby>的<rt>de</rt></ruby> <ruby>李<rt>Lǐ</rt></ruby> <ruby>明<rt>Míng</rt></ruby> ， <ruby>我<rt>wǒ</rt></ruby> <ruby>找<rt>zhǎo</rt></ruby> <ruby>營<rt>yíngyèbù</rt></ruby> <ruby>業<rt></rt></ruby> <ruby>部<rt></rt></ruby>
<ruby>王<rt>Wáng</rt></ruby> <ruby>新<rt>Xīnyǔ</rt></ruby> <ruby>宇<rt></rt></ruby> <ruby>先<rt>xiānsheng</rt></ruby> <ruby>生<rt></rt></ruby> 。

**秘書：** <ruby>請<rt>Qǐng</rt></ruby> <ruby>您<rt>nín</rt></ruby> <ruby>稍<rt>shāo</rt></ruby> <ruby>等<rt>děng</rt></ruby> 。

**王：** <ruby>喂<rt>Wei</rt></ruby> ！ <ruby>我<rt>Wǒ</rt></ruby> <ruby>是<rt>shì</rt></ruby> <ruby>王<rt>Wáng</rt></ruby> <ruby>新<rt>Xīnyǔ</rt></ruby> <ruby>宇<rt></rt></ruby> ， <ruby>李<rt>Lǐ</rt></ruby> <ruby>明<rt>Míng</rt></ruby> <ruby>小<rt>xiǎojie</rt></ruby> <ruby>姐<rt></rt></ruby> ， <ruby>你<rt>nǐ</rt></ruby> <ruby>好<rt>hǎo</rt></ruby> ！ <ruby>有<rt>yǒu</rt></ruby> <ruby>什<rt>shénme</rt></ruby> <ruby>麼<rt></rt></ruby>
<ruby>事<rt>shì</rt></ruby> <ruby>嗎<rt>ma</rt></ruby> ？

**李：** <ruby>陳<rt>Chén</rt></ruby> <ruby>經<rt>jīnglǐ</rt></ruby> <ruby>理<rt></rt></ruby> <ruby>叫<rt>jiào</rt></ruby> <ruby>我<rt>wǒ</rt></ruby> <ruby>問<rt>wèn</rt></ruby> <ruby>問<rt>wen</rt></ruby> <ruby>你<rt>nǐ</rt></ruby> <ruby>們<rt>men</rt></ruby> ， <ruby>關<rt>guānyú</rt></ruby> <ruby>於<rt></rt></ruby> <ruby>展<rt>zhǎnlǎnhuì</rt></ruby> <ruby>覽<rt></rt></ruby> <ruby>會<rt></rt></ruby> <ruby>的<rt>de</rt></ruby> <ruby>事<rt>shì</rt></ruby> ……

**王：** <ruby>喂<rt>Wei</rt></ruby> ！ <ruby>你<rt>Nǐ</rt></ruby> <ruby>説<rt>shuō</rt></ruby> <ruby>什<rt>shénme</rt></ruby> <ruby>麼<rt></rt></ruby> ？ <ruby>聽<rt>Tīng</rt></ruby> <ruby>不<rt>bù</rt></ruby> <ruby>清<rt>qīngchu</rt></ruby> <ruby>楚<rt></rt></ruby> <ruby>啊<rt>a</rt></ruby> ？ <ruby>請<rt>Qǐng</rt></ruby> <ruby>你<rt>nǐ</rt></ruby> <ruby>大<rt>dà</rt></ruby> <ruby>點<rt>diǎnr</rt></ruby> <ruby>兒<rt></rt></ruby> <ruby>聲<rt>shēng</rt></ruby> ！

**李：** <ruby>喂<rt>Wei</rt></ruby> ！ <ruby>聽<rt>Tīng</rt></ruby> <ruby>清<rt>qīngchu</rt></ruby> <ruby>楚<rt></rt></ruby> <ruby>了<rt>le</rt></ruby> <ruby>嗎<rt>ma</rt></ruby> ？ <ruby>剛<rt>Gāngcái</rt></ruby> <ruby>才<rt></rt></ruby> <ruby>好<rt>hǎoxiàng</rt></ruby> <ruby>像<rt></rt></ruby> <ruby>串<rt>chuànxiàn</rt></ruby> <ruby>線<rt></rt></ruby> <ruby>了<rt>le</rt></ruby> 。

**王：** <ruby>好<rt>Hǎo</rt></ruby> <ruby>了<rt>le</rt></ruby> ！ <ruby>現<rt>Xiànzài</rt></ruby> <ruby>在<rt></rt></ruby> <ruby>聽<rt>tīng</rt></ruby> <ruby>清<rt>qīngchu</rt></ruby> <ruby>楚<rt></rt></ruby> <ruby>了<rt>le</rt></ruby> ， <ruby>請<rt>qǐng</rt></ruby> <ruby>繼<rt>jìxù</rt></ruby> <ruby>續<rt></rt></ruby> <ruby>説<rt>shuō</rt></ruby> <ruby>吧<rt>ba</rt></ruby> ！

**李：** <ruby>不<rt>Bù</rt></ruby> <ruby>知<rt>zhīdao</rt></ruby> <ruby>道<rt></rt></ruby> <ruby>你<rt>nǐmen</rt></ruby> <ruby>們<rt></rt></ruby> <ruby>對<rt>duì</rt></ruby> <ruby>展<rt>zhǎnlǎnhuì</rt></ruby> <ruby>覽<rt></rt></ruby> <ruby>會<rt></rt></ruby> <ruby>的<rt>de</rt></ruby> <ruby>日<rt>rìqī</rt></ruby> <ruby>期<rt></rt></ruby> <ruby>有<rt>yǒu-méi</rt></ruby> <ruby>沒<rt></rt></ruby> <ruby>有<rt>yǒu</rt></ruby> <ruby>意<rt>yìjian</rt></ruby> <ruby>見<rt></rt></ruby> ？

**王：** <ruby>你<rt>Nǐmen</rt></ruby> <ruby>們<rt></rt></ruby> <ruby>在<rt>zài</rt></ruby> <ruby>電<rt>diànyóu</rt></ruby> <ruby>郵<rt></rt></ruby> <ruby>上<rt>shang</rt></ruby> <ruby>建<rt>jiànyì</rt></ruby> <ruby>議<rt></rt></ruby> <ruby>展<rt>zhǎnqī</rt></ruby> <ruby>期<rt></rt></ruby> <ruby>在<rt>zài</rt></ruby> <ruby>六<rt>liùyuè</rt></ruby> <ruby>月<rt></rt></ruby> <ruby>份<rt>fèn</rt></ruby> ， <ruby>看<rt>kànlái</rt></ruby> <ruby>來<rt></rt></ruby> <ruby>時<rt>shíjiān</rt></ruby> <ruby>間<rt></rt></ruby> <ruby>有<rt>yǒu</rt></ruby>
<ruby>點<rt>diǎnr</rt></ruby> <ruby>兒<rt></rt></ruby> <ruby>短<rt>duǎn</rt></ruby> ， <ruby>來<rt>lái-bu</rt></ruby> <ruby>不<rt></rt></ruby> <ruby>及<rt>jí</rt></ruby> <ruby>準<rt>zhǔnbèi</rt></ruby> <ruby>備<rt></rt></ruby> <ruby>啊<rt>a</rt></ruby> ！

李：Bāyuè xíng-buxíng
八月 行 不行？

王：Zhēn bù qiǎo wǒmen gōng sī zǒngcái qī yuè yào qù Měiguó kǎochá kǒng
真 不 巧。我們 公司 總裁 七月 要 去 美國 考察， 恐
pà bāyuè gǎn bù huílái Cuò hòu yí ge yuè zěnme yàng
怕 八月 趕 不 回來。錯 後 一個 月 怎麼 樣？

李：Yīnwei zhèshì jǐ jiā hébànde wǒmen xūyào zhēngqiú qí tā dānwèi de
因為 這是 幾 家 合辦的， 我們 需要 徵 求 其他 單位 的
yì jian xī wàng nǐmen gōng sī néng xiézhù yíxià zuìhǎo bié cuòhòu
意見， 希望 你們 公司 能 協助 一下， 最好 別 錯後。

王：Hǎode wǒ yě zài hé zǒngcái shāngliang shāngliang tā de Měiguó zhī
好的， 我 也 再 和 總裁 商 量 商 量， 他的 美國 之
xíng rúguǒ néng tí qián cān zhǎn rì qī jiù méi wèn tí le
行 如果 能 提前， 參展 日期 就 沒 問題 了。

李：Hǎo ba Guò jǐ tiān wǒmen zài diànhuà lián xì hǎo le
好 吧！ 過 幾 天 我們 再 電話 聯繫 好 了。

王：Gěi nǐmen tiān máfan le zhēn duì bu qǐ
給 你們 添 麻煩 了， 真 對不起。

李：Búyòng kè qi zhǎnpǐn xī wàng nǐmen zǎo diǎnr yùn dào
不用 客氣， 展品 希望 你們 早 點兒 運到。

王：Hǎode zhǎnpǐn yì qǐ yùn wǒ jiù dǎ diànhuà tōngzhī nǐmen
好的， 展品 一起 運， 我 就 打 電話 通知 你們。

李：Hǎoba Zàijiàn
好吧， 再見！

王：Xièxie Zàijiàn
謝謝！ 再見！

## 一、讀音分辨

0404.mp3

| | | | |
|---|---|---|---|
| huà<br>話 — | wá<br>娃 | zhǎn<br>展 — | jiǎn<br>剪 |
| dà<br>大 — | dài<br>待 | gōng sī<br>公司 — | gōng xǐ<br>恭喜 |
| shǔzhǎng<br>署長 — | chùzhǎng<br>處長 | wàng le<br>忘了 — | wáng le<br>亡了 |
| cháng tú<br>長途 — | qiángtóu<br>牆頭 | jiē diànhuà<br>接電話 — | jiè diànhuà<br>借電話 |

## 二、詞語對照

| 普通話 | 廣州話 | 普通話 | 廣州話 |
|---|---|---|---|
| 接電話 | 聽電話 | 剛出去 | 啱啱行開咗 |
| 回電話 | 覆電話 | 大點兒聲 | 大聲啲 |
| 找誰 | 搵邊個 | 等一會兒 | 等陣 |
| 聯繫 | 聯絡 | | |

## 三、表達習慣

1. 佔線：就是你所打的電話，有人正在説話。廣州話説"有人打緊電話"。

2. 串線：正在和對方説話的同時聽到另外的人説話聲音。廣州話"黐線"。

3. "不要掛上電話"或"不要掛斷電話"都是廣州話所説的"唔好收線"。

4. 錯後：就是把時間推後，以免和另一件事的時間安排發生衝突。

5. "一"有時讀作 yāo（幺）。在説流水號碼，如電話、車牌、房間號碼，遇到兩個或三個"一"相連時，為了避免聽不清楚，也避免和"七"音混淆，"一"讀作"yāo"。如 79111，後面的三個"一"都讀作 yāo。如果是三位數，其中有一個"一"，讀作 yī、yāo 都可以。

## 一、舌根音 g、k、h

🎧 0405.mp3

| g（哥） | gōngguān 公關 | guǎnggào 廣告 |
|---|---|---|
| k（科） | kèkǔ 刻苦 | kěkǒu 可口 |
| h（喝） | huìhuà 會話 | hánghǎi 航海 |

對比辨音 f 和 h

| f | h |
|---|---|
| kāifā 開發 | kāihuā 開花 |
| fèixīn 費心 | huìxīn 會心 |
| fāngtáng 方糖 | huāngtáng 荒唐 |

## 二、複韻母 ai ei ao ou：複韻母是由兩個或幾個 單韻母複合而成

🎧 0406.mp3

| ai（埃） | àidài 愛戴 | báicài 白菜 |
|---|---|---|
| ei（誒） | Běiměi 北美 | pèibèi 配備 |
| ao（凹） | bàogào 報告 | pǎodào 跑道 |
| ou（歐） | Ōuzhōu 歐洲 | kǒutóu 口頭 |

對比辨音

**a 和 ai**

| a | ai |
|---|---|
| dàlù 大路 | dàilù 帶路 |
| dàyú 大魚 | dàiyú 帶魚 |

**u 和 ao**

| u | ao |
|---|---|
| bùgào 佈告 | bàogào 報告 |
| pǔbiàn 普遍 | pǎobiàn 跑遍 |

**ao 和 ou**

| ao | ou |
|---|---|
| láofáng 牢房 | lóufáng 樓房 |
| nǐzǎo 你早 | nǐzǒu 你走 |

## 三、拼讀練習

| Měizhōu 美洲 | Ōuzhōu 歐洲 | Àozhōu 澳洲 | gāolóu 高樓 |
|---|---|---|---|
| nǐhǎo 你好 | pǎobù 跑步 | hēibái 黑白 | gòumǎi 購買 |

## 練 習

### 一、把準確的答案數字填在括弧裏

1. 道 ①dǎo ②dù ③dào ④dū （ ）
2. 樓 ①láo ②lóu ③lú ④liú （ ）
3. 百 ①bā ②bái ③bǎi ④bài （ ）
4. 喝 ①kē ②hè ③hē ④ké （ ）

## 二、句式替換

| | | | |
|---|---|---|---|
| 999 | | 報警救傷 | |
| 1083 | | 查詢電話號碼 | |
| 109 | 是 | 修理服務 | 的電話 |
| 18503 | | 查詢時間、氣溫（中文） | |
| 18501 | | 查詢時間、氣溫（英文） | |
| 25266366 | | 廉政公署（ICAC）舉報中心 | |

## 三、普通話怎麼説

1. 唔該，搵陳生聽電話。
2. 聽日畀電話我。
3. 等陣，唔好收線住。
4. 咁細聲，聽唔到呀！請你大聲啲！
5. 唔緊要。

## 四、談談説説

1. 用普通話和朋友打電話聊天兒。
2. 模擬用普通話打長途電話。

## 答案

### 一、把正確的答案數字填在括號裏

1.道 —— ③　2.樓 —— ②　3.百 —— ③　4.喝 —— ③

### 三、普通話怎麼説

1. 勞駕，找陳先生接電話。
2. 明天給我打電話。
3. 等一會兒，別掛電話。
4. 這麼小聲，聽不見啊！請你大點兒聲。
5. 不要緊。

# 第五課

RI QI HE SHIJAIN

# 日 期 和 時 間

## 詞語

🎧 0501.mp3

| jīntiān | zuótiān | dàngtiān | báitiān | shàngwǔ | wǎnshang |
|---|---|---|---|---|---|
| 今天 | 昨天 | 當天 | 白天 | 上午 | 晚上 |

| xīngqī | qùnián | niándǐ | yuèchū | yuèdǐ | xiǎoshí |
|---|---|---|---|---|---|
| 星期 | 去年 | 年底 | 月初 | 月底 | 小時 |

| dānwu | jǐncòu | xiángxì | wǔfēnzhōng | yíkèzhōng |
|---|---|---|---|---|
| 耽誤 | 緊湊 | 詳細 | 五分鐘 | 一刻鐘 |

## 句子

🎧 0502.mp3

Jīntiān shì shí'èryuè shíjiǔ hào xīngqī liù
1. 今天 是 十二月 十九 號 星期六 。

Xiànzài de shíjiān shì wǔ diǎn zhěng    hái chà bàn xiǎoshí jiù xiàbān le
2. 現在 的 時間 是 五點 整 , 還差 半 小時 就 下班 了 。

Wǎnshang shí diǎn bàn shuìjiào    zǎoshang liù diǎn bàn qǐchuáng    yígòng shuì
3. 晚上 十點 半 睡覺 , 早上 六點 半 起床 , 一共 睡
le bā ge zhōngtóu
了 八 個 鐘頭 。

Zhèi tàng chūchāi hé huíxiāng tànqīn    qián hòu qù le shítiān    zhídào zuótiān
4. 這 趟 出差 和 回鄉 探親 , 前 後 去 了 十天 , 直到 昨天
cái huílai
才 回來 。

Xià ge yuè shíwǔ hào wǒ yào qù cānjiā Lǐ Líng de shēngri huì
5. 下個 月 十五 號 我 要 去 參加 李 玲 的 生日會 。

Zhèige xīngqīrì pèngqiǎo wǒ yǒu yìngchou    méi kòng péi nǐ qù kàn diànyǐng
6. 這個 星期日 碰巧 我 有 應酬 , 沒 空 陪你 去 看 電影 ,
gǎi tiān hǎo ma
改 天 好 嗎 ?

Dàdōng jiǔdiàn yuē nǐ míngtiān xiàwǔ liǎng diǎn bàn qù jiàn Xiè jīnglǐ
7. 大東 酒店 約 妳 明天 下午 兩 點 半 去 見 謝 經理 。

8. 去年 年底，我 去過 英國 了。今年 第一季度 想 去 日本。
Qùnián niándǐ wǒ qùguo Yīngguó le Jīnnián dì-yī jì dù xiǎng qù Rìběn

9. 我們 老闆 剛才 還在 這兒 呢！現在 他 可能 有 事 出去 了，
請 你 等 一 會兒 吧。
Wǒmen lǎobǎn gāngcái hái zài zhèr ne xiànzài tā kěnéng yǒu shì chūqu le
qǐng nǐ děng yí huìr ba

10. 對不起，我 有 個 約會，是 七 點 鐘，現在 只 剩 下
二十 分 鐘 了。再 不 快 點兒 走 就 晚 了。
Duìbuqǐ wǒ yǒu ge yuēhuì shì qī diǎn zhōng xiànzài zhǐ shèng xia
èrshí fēn zhōng le Zài bú kuài diǎnr zǒu jiù wǎn le

## 課文  🎧 0503.mp3

甲：您好！歡迎您！什麼時候到的？
Nín hǎo Huānyíng nín Shénme shíhou dào de

乙：本來 應該 中午 十二 點 到。可是 飛機 誤點 了，耽誤 了
一個 鐘頭，才 到 赤鱲角 機場，叫 你們 久等 了。
Běnlái yīnggāi zhōngwǔ shí'èr diǎn dào Kěshì fēijī wùdiǎn le dānwu le
yí ge zhōngtóu cái dào Chìlièjiǎo jīchǎng jiào nǐmen jiǔděng le

甲：沒 關係。這次 來 香港 能 多 待 幾 天 嗎？
Méi guānxi Zhèi cì lái Xiānggǎng néng duō dāi jǐ tiān ma

乙：恐怕 不行，事情 一 辦 完 就 得 回去。
Kǒngpà bùxíng shìqing yí bàn wán jiù děi huíqu

甲：您 先 休息 一 下。待 會兒，公司 董事局 為 您 召開 一
個 歡迎會。
Nín xiān xiū xi yí xià Dāi huìr gōngsī dǒngshìjú wèi nín zhàokāi yí
ge huānyínghuì

乙：你們 太 客氣 了！是 不是 還有 個 新聞 發佈會？
Nǐmen tài kèqi le Shì-bushì háiyǒu ge xīnwén fābùhuì

甲：是 啊！安排 在 下午 三 點 半。
Shì a Ānpái zài xiàwǔ sān diǎn bàn

乙：明天 上午 九 點 我 要 和 鄭 經理 詳細 談談。
Míngtiān shàngwǔ jiǔ diǎn wǒ yào hé Zhèng jīnglǐ xiángxì tántan

甲：說好了，到時候 他 會 在 辦公室 等 您 的。談 完 了 公
事，咱們 一 塊兒 吃 午飯。
Shuōhǎo le dào shíhou tā huì zài bàngōngshì děng nín de Tán wán le gōng
shì zánmen yí kuàir chī wǔfàn

乙：明天 下午 兩 點 還要 去 參加 "研討會" 呢！
Míngtiān xiàwǔ liǎng diǎn háiyào qù cānjiā yántǎohuì ne

甲：後天白天還有一項參觀活動，晚上　中原公司
的董事長劉先生有一個晚宴請您參加。議程大
概就這麼多。

乙：好，時間安排得很緊湊。那我回去的機票就請幫我
訂在大後天，也就是星期五的下午吧。

甲：一定照您的吩咐辦。下午兩點五十五分，有一班
直飛上海的班機。

乙：好極了，當天晚上就能到家。給你們添麻煩了。

甲：不客氣！

## 一、讀音分辨

🎧 0504.mp3

| guānzhào | guǎnjiào | zhènghǎo | zhèngqiǎo |
|---|---|---|---|
| 關照 —— | 管教 | 正好 —— | 正巧 |

| wǎnqī | mǎnqī | guānxi | guānsi |
|---|---|---|---|
| 晚期 —— | 滿期 | 關係 —— | 官司 |

| jīpiào | zhīpiào | shēngri | shēngyi |
|---|---|---|---|
| 機票 —— | 支票 | 生日 —— | 生意 |

## 二、詞語對照

| 普通話 | 廣州話 | 普通話 | 廣州話 |
|---|---|---|---|
| 去年 | 舊年 | 剛才 | 頭先 |
| 昨天 | 琴日 | 碰巧 | 撞啱 |
| 月初 | 月頭 | 回來 | 返嚟 |
| 月底 | 月尾 | 到點了 | 夠鐘喇 |
| 年底 | 年尾 | 改天 | 第日 |

## 三、表達習慣

1. 書面上的"×月×日"，口語中多説成"×月×號"，書面上的"×時×分"，口語中習慣説成"×點×分"。

2. 在對於具體的"鐘點"表達上，廣州話和普通話有許多不同的地方。比如，廣州話説"一個字"，即指五分鐘；"七點三個字"，普通話要説"七點十五分"。又如，廣州話説"一個骨"（即英文 quarter），指十五分鐘，"九點三個骨"，普通話要説"九點四十五分"或"九點三刻"。

3. 廣州話常用"今"來指代現在，如："今次"，"今個月"，普通話只有"今天"，"今年"才説"今"，其他情況則不可以。廣州話的"今次"，普通話要説"這次"；"今個月"要説"這個月"，"今個星期"要説"這個星期"。

4. 待 dāi：停留的意思，多用於口語。"在香港多待幾天"，意思就是"在香港多停留幾天"。

5. 廣州話的"遲"或"晏"，普通話的口語習慣用"晚"，如："我來晚了"，"快走吧，別晚了！"。

## 語音

### 一、鼻韻母

🎧 0505.mp3

鼻韻母是單韻母的後面帶上一個鼻輔音 -n 或 -ng 作尾音。鼻韻母共有十六個，其中八個是帶 -n 做尾音的，叫"前鼻韻母"，如 an（安）。八個是帶 -ng 做尾音的，叫"後鼻韻母"，如 ang（骯）。

本課先學 an en ang eng ong

| an（安） | ānrán 安然 | sānbān 三班 |
|---|---|---|
| en（恩） | rénshēn 人參 | Shēnzhèn 深圳 |
| ang（骯） | āngzāng 骯髒 | bāngmáng 幫忙 |
| eng（鞥） | fēngzheng 風箏 | fēngshèng 豐盛 |
| ong（工的韻母） | gōnggòng 公共 | lóngzhòng 隆重 |

對比分辨前、後鼻韻母

| - n | - ng |
|---|---|
| ānrán 安然 | ángrán 昂然 |
| kāifàn 開飯 | kāifàng 開放 |
| shìzhèn 市鎮 | shìzhèng 市政 |
| rénshēn 人參 | rénshēng 人生 |
| fēnshù 分數 | fēngshù 楓樹 |

## 二、拼讀練習

| bàngōng 辦公 | nánfāng 南方 | gēnběn 根本 | téngtòng 疼痛 |
|---|---|---|---|
| hěnmàn 很慢 | hōngdòng 轟動 | hánlěng 寒冷 | gǎngdēng 港燈 |

## 練習

### 一、把韻母填在橫線上

日本 b ＿＿＿＿＿＿＿　　航 h ＿＿＿＿＿＿＿　　空 k ＿＿＿＿＿＿

香港 g ＿＿＿＿＿＿＿　　芬 f ＿＿＿＿＿＿＿　　芳 f ＿＿＿＿＿＿

普通 t ＿＿＿＿＿＿＿　　刊 k ＿＿＿＿＿＿＿　　登 d ＿＿＿＿＿＿

出門 m ＿＿＿＿＿＿＿　　東 d ＿＿＿＿＿＿＿　　風 f ＿＿＿＿＿＿

下班 b ＿＿＿＿＿＿＿　　能 n ＿＿＿＿＿＿＿　　幹 g ＿＿＿＿＿＿

### 二、句式替換

1.
| 前天<br>昨天<br>今天<br>明天<br>後天<br>大後天 | 是＿＿月＿＿日（號），星期 | 一<br>二<br>三<br>四<br>五<br>六<br>日 | 。 |

2. 現在是＿＿＿點＿＿＿刻/ ＿＿＿分。

3. 我＿＿點＿＿刻/ ＿＿分

| 起床 | 出門 |
|---|---|
| 上班 | 上課 |
| 開會 | 吃午飯 |
| 下班 | 下課 |
| 吃晚飯 | 上夜校 |
| 看電視 | 看電影 |
| 睡覺 | |

。

### 三、普通話怎麼説

1. 去咗廣州頭尾十日。
2. 我哋老細正話仲喺度，請你等陣，佢好快就返嚟喇。
3. 而家十點搭九。
4. 上個月佢哋去咗澳洲。
5. 夠鐘喇，行快啲啦！

### 四、談談説説

1. 談談你這一季度度時間安排和打算。
2. 你的假期在幾月份？喜歡什麼時候去旅行？

## 答案

### 一、把聲母填在橫線上

日本 b en  航 h ang  空 k ong
香港 g ang  芬 f en  芳 f ang
普通 t ong  刊 k an  登 d eng
出門 m en  東 d ong  風 f eng
下班 b an  能 n eng  幹 g an

### 三、普通話怎麼説

1. 去了廣州前後十天。
2. 我的老闆剛才還在這呢！請你等會兒，他很快就回來了。
3. 現在十點四十五分。
4. 上個月他們去了澳洲。
5. 到點了，快點兒走啊！

# 第六課

## TAN TIAN QI

# 談 天 氣

---

### 詞語　　🎧 0601.mp3

| fēng | yún | xuě | wù | shuāng | léi yǔ | shǎndiàn |
|------|-----|-----|----|--------|--------|----------|
| 風 | 雲 | 雪 | 霧 | 霜 | 雷雨 | 閃電 |

| chūn | xià | qiū | dōng | sì jì | yán rè | hán lěng |
|------|-----|-----|------|-------|--------|----------|
| 春 | 夏 | 秋 | 冬 | 四季 | 炎熱 | 寒冷 |

| qíngtiān | yīntiān | gānzào | cháoshī | qì wēn | yángguāng |
|----------|---------|--------|---------|--------|-----------|
| 晴天 | 陰天 | 乾燥 | 潮濕 | 氣溫 | 陽光 |

---

### 句子　　🎧 0602.mp3

1. Zǎochen yīntiān，xiànzài xià dà yǔ，hái dǎ léi、dǎ shǎn ne！Nǐ dài
   sǎn le ma
   早晨 陰天，現在 下 大 雨，還 打 雷、打 閃 呢！你 帶
   傘 了 嗎？

2. Tiān qì yùbào shuō，míngtiān qíng zhuǎn duō yún，jú bù dì qū yǒu zhòuyǔ，
   qì wēn shì shèshì èr shí bā dù
   天 氣 預報 說，明天 晴 轉 多 雲，局部 地區 有 驟雨，
   氣溫 是 攝氏 二十八 度。

3. Běifāng de chūntiān gānzào；Xiānggǎng de chūntiān cháoshī chángcháng mì yún
   yǒu wù
   北方 的 春天 乾燥；香港 的 春天 潮濕 常 常 密雲
   有 霧。

4. Dà wù tiān néngjiàndù hěn dī，qìchē kāi de hěn màn，lúnchuán、fēijī dōu
   tíng háng le
   大 霧 天 能 見 度 很 低，汽車 開 得 很 慢，輪船、飛機 都
   停 航 了。

5. Yǒu yì nián xià tiān，wǒ zài Yuánlǎng jiànguo xià bīngbáo ne
   有 一 年 夏天，我 在 元 朗 見 過 下 冰雹 呢！

6. Xiàwǔ de fēng yuè guā yuè dà，shì-bushì yào guà "bā hào fēngqiú"？
   下午 的 風 越 颳 越 大，是 不 是 要 掛 "八 號 風球"？

7. 今天比昨天還冷，真是凍死人啊！聽説大帽山有
霜凍呢！

8. 香港屬於亞熱帶氣候，全年四季變化不太大，大部
分時間比較熱。

9. 剛才的天氣還挺好的，突然颳起風來，天也變黑
了，看樣子要下一場大雨呢！

10. 我對這裏的氣候起初不習慣，時間長了也就適應了。

課文　🎧 0603.mp3

甲：您看！今天的天氣多好啊！陽光普照，不冷不
熱多舒服。

乙：這裏的天氣總是這麼好嗎？

甲：不是，現在是秋天，所以天氣最好，夏天很熱，春
天又太潮濕。

乙：冬天冷不冷？

甲：不冷。整個冬天平均溫度都在十五度上下，
難得有一兩天冷到零度。北京的冬天比這裏冷得
多吧？

乙：是啊！有時下大雪，河水都凍成冰，人們可以在
上面滑冰呢！

甲：那麼冷，我可受不了。您說北京哪個季節的天氣最好？

乙：春天跟秋天都不錯。寒冬過去，春天的天氣變得暖和。繁花盛開，特別是晴天的時候，藍天白雲，真是美極了！

甲：那秋天呢？

乙：秋高氣爽也不錯。

甲：聽您這麼說，等到明年五月或九月我一定去北京玩兒玩兒。

乙：好啊！到那時要是我有假期，咱們一塊兒去，我陪你到處逛逛！

甲：先謝謝您！

## 一、讀音分辨

🎧 0604.mp3

| | |
|---|---|
| jì 季 —— guì 貴 | rè 熱 —— yè 夜 |
| dù 度 —— dào 道 | shuāng 霜 —— shāng 商 |
| xí guàn 習慣 —— zé guài 責怪 | dǎ sǎn 打傘 —— dǎ sàn 打散 |
| dà wù 大霧 —— dà mào 大帽 | |

## 二、詞語對照

| 普通話 | 廣州話 | 普通話 | 廣州話 |
|---|---|---|---|
| 下雨 | 落雨 | 小雨 | 微雨 |
| 下雪 | 落雪 | 颶颱風 | 打風 |
| 下霜 | 落霜 | 厲害 | 犀利 |
| 下冰雹 | 落雹 | 悶 | 焗 |
| 打雷 | 行雷 | 折疊傘 | 縮骨遮 |

## 三、表達習慣

1. 説天氣冷時，廣州話習慣用"凍"，普通話習慣説"冷"。如：廣州話説"今日好凍"，普聽話説"今天很冷"。普通話是把涼、冷、凍分開程度上的不同。如"秋天很涼"、"冬天很冷"、"今天比昨天還冷，真是凍死人啊！"

2. 比較句式廣州話習慣用"過"，而普通話則用"比"，詞序也不同。廣州話是"A+ 形容詞謂語 + 過 +B"如"今日凍過琴日"、"我高過你"。普通話的詞序是"A比B+ 形容詞謂語"如"今天比昨天冷"、"我比你高"。

3. 咱們——是指説話人加上對方。如"我是北京人，你是香港人，咱們都是中國人。"廣州話裏沒有這個詞，普通話裏的"我們"、"咱們"，廣州話一律説"我哋"。

4. "風球"——是香港天文台表示颱風強度的單位。中國內地則是用級數來表示。風的強度越高，級數也越多。如八級颱風、十二級颱風。

5. "暖和"的"和"讀音 huo（輕聲），而"和氣"的"和"讀音 hé。廣州話説"和暖"，普通話説"暖和 huo"。

## 語音

### 一、舌面音 j q x

🎧 0605.mp3

| j（基） | jiǔjīn 九斤 | jiājié 佳節 |
|---|---|---|
| q（七） | qīngqiǎo 輕巧 | qīngqì 氫氣 |
| x（西） | xǐxùn 喜訊 | xiěxìn 寫信 |

對比拼音

**q** 和 **x**

| q | x |
|---|---|
| qiáng 牆 | xiáng 詳 |
| qǐshì 啓事 | xǐshì 喜事 |

**j** 和 **g**

| j | g |
|---|---|
| yìjīn 一斤 | yìgēn 一根 |
| jiāoshǒu 交手 | gāoshǒu 高手 |

第六課　談天氣

## 二、複韻母

ia　　ie　　iao　　iou（-iu）

| ia<br>ya（呀） | jiǎyá 假牙 | jiājià 加價 |
|---|---|---|
| ie<br>ye（椰） | jiéyè 結業 | xièxie 謝謝 |
| iao<br>yao（腰） | qiǎomiào 巧妙 | tiáoliào 調料 |
| iou<br>you（優） | yōujiǔ 悠久 | niúyóu 牛油 |

拼寫規則
1. 以 i 開頭的複韻母，自成音節時 i 改寫成 y。
2. iou 前面聲母時，省去中間的 o，寫成 -iu。如 jiu 九。

對比拼音

iao 和 iu

| iao | iu |
|---|---|
| xiāoxi 消息 | xiūxi 休息 |
| jiàorén 叫人 | jiùrén 救人 |

## 三、拼讀詞語

| xiàqiū 夏秋 | xiāoyáo 逍遙 | qiǎomiào 巧妙 | jiēqià 接洽 |
|---|---|---|---|
| liǎojiě 瞭解 | yōuxiù 優秀 | niújiǎo 牛角 | yèxiào 夜校 |

## 練習

### 一、把聲母填寫在橫線上

季＿＿ì　　秋＿＿iū　　謝＿＿iè　　貴＿＿uì　　消＿＿iāo

根＿＿ēn　　巧＿＿iǎo　　居＿＿ū　　區＿＿ū　　交＿＿iāo

## 二、句式替換

1. 風向（偏）

2. 攝氏(10、13、18、20、24、28、30、32)度

3.

## 三、普通話怎麼説

1. 今日打風，可能掛八號風球。
2. 今日凍過琴日。
3. 出邊落大雨，又焗。
4. 喺廣州，夏天仲熱過香港。

## 四、談談説説

1. 模擬天文台的天氣預報，預報一下明天、後天的天氣轉變。
2. 談談你所知道的世界一些地方氣候的特點。

## 一、把聲母填在橫線上

| 季 j ì | 秋 q iū | 謝 x iè | 貴 g uì | 消 x iāo |
|---|---|---|---|---|
| 根 g ēn | 巧 q iǎo | 居 j ū | 區 q ū | 交 j iāo |

## 三、普通話怎麼説

1. 今天颳颱風,可能要掛八號風球。
2. 今天比昨天冷。
3. 外邊下大雨,記着帶傘。
4. 天氣很熱,又悶。
5. 在廣州,夏天比香港還熱。

# 第七課

## YI ZHUO
## 衣 着

---

### 詞語　　　　　　　　　　🎧 0701.mp3

| chèn yī | máo yī | dà yī | wài tào r | tiāoxuǎn |
|---|---|---|---|---|
| 襯衣 | 毛衣 | 大衣 | 外套兒 | 挑選 |

| pí xié | shǒu tào r | wà zi | kù zi | gù kè |
|---|---|---|---|---|
| 皮鞋 | 手套兒 | 襪子 | 褲子 | 顧客 |

| wéijīn | lǐngdài | ěr huán | xiàng liàn r | yàoshi |
|---|---|---|---|---|
| 圍巾 | 領帶 | 耳環 | 項鏈兒 | 鑰匙 |

---

### 句子　　　　　　　　　　🎧 0702.mp3

Tiān qì rè le　　wǒ děi chuān duǎnxiù chènshān le
1. 天氣熱了，我得穿短袖襯衫了。

Tuō le zhèi jiàn duǎn wài tào r　　shìshi nèi jiàn cháng dà yī
2. 脱了這件短外套兒，試試那件長大衣。

Zhèi tiáo kù zi tài féi le　　wǒ chuān zhe bù héshì
3. 這條褲子太肥了，我穿着不合適。

Jiějie gěi wǒ zhī le yí jiàn xì máoxiàn tàotóu de máo yī
4. 姐姐給我織了一件細毛線套頭的毛衣。

Dōngtiān qù Běijīng děi chuān mián'ǎo　　pí dà yī　　hái děi dài wéijīn hé shǒu
tào r ne
5. 冬天去北京得穿棉襖、皮大衣，還得戴圍巾和手套兒呢！

Wǒ chuān zhèi tào shēn yán sè de xī zhuāng　　zài jì yì tiáo qiǎn　　sè de
lǐngdài　　hěn jīngshen
6. 我穿這套深顏色的西裝，再繫一條淺顏色的領帶，很精神。

Zhèi pí dài hé qiánbāo r shì zhēn pí de ma　　Yàoshi bāo r duō shao qián yí ge
7. 這皮帶和錢包兒是真皮的嗎？鑰匙包兒多少錢一個？

8. Zhè lǐ yǒu pí xié、qiú xié、liáng xié,hái yǒu cháng tǒng xuē zi,shì yàng zhēn qí quán!

這裏有皮鞋、球鞋、涼鞋,還有長筒靴子,式樣真齊全!

9. Zhèi shuāng xié tài dà le,yòu shì jì dài de,bú tài hǎokàn。Zài ná yì shuāng sānshíliù hào de ràng wǒ tiāotiao。

這雙鞋太大了,又是繫帶的,不太好看。再拿一雙三十六號的讓我挑挑。

10. Sū xiǎojie shàng bān shí ài chuān lián yī qún,fàngjià shí jiù ài chuān chènshān pèi niúzǎikù le。

蘇小姐上班時愛穿連衣裙,放假時就愛穿襯衫配牛仔褲了。

---

## 課文

🎧 0703.mp3

甲:Tiān liáng le,wǒ xiǎng tiān jǐ jiàn yī fu
天涼了,我想添幾件衣服。

乙:Wǒmen shàng Dūshì bǎihuò shāngchǎng qù kànkan ba。Fúzhuāng bù nàr mài de yī fu shìyàng xīn cháo,hái yǒu Fǎguó、Rìběn de zuì xīn shí zhuāng ne!
我們上都市百貨商場去看看吧。服裝部那兒賣的衣服式樣新潮,還有法國、日本的最新時裝呢!

丙:Liǎng wèi xiǎng mǎi shénme？Suíbiàn tiāoxuǎn!
兩位想買什麼?隨便挑選!

甲:Nǐ kàn,nèi jiàn lánsè shùtiáor de chángxiù chènshān hǎo-bu hǎo？
你看,那件藍色豎條兒的長袖襯衫好不好?

乙:Bù zěnme hǎo kàn。Gēn nǐ shēnshang chuānde zhèi jiàn chàbuduō。
不怎麼好看。跟你身上穿的這件差不多。

丙:Nín kěyi kànkan zhèixiē tàozhuāng、dà yī,dōushì jīnnián zuì liúxíngde,jiàqian yòu búguì。
您可以看看這些套裝、大衣,都是今年最流行的,價錢又不貴。

甲:Ai!Zhèi tào shēn lǜsè de búcuò,tǐng shímáor de。Láojià,nǐ gěi wǒ liáng-yiliáng chǐcùn,kàn wǒ yīnggāi chuān duōdà de？
哎!這套深綠色的不錯,挺時髦兒的。勞駕,你給我量一量尺寸,看我應該穿多大的?

丙:Hǎo!Wǒ gěi nín liángliang,nín chuān zhōnghàode。Qǐng dào gēng yī shì shì shi,kànkan héshì-bùhéshì？
好!我給您量量,您穿中號的。請到更衣室試試,看看合適不合適?

甲：Búcuò Tǐng héshēnde qúnzi duǎn yìdiǎnr
不錯！挺合身的，裙子短一點兒。

乙：Jīnnián de qúnzi bù xīng chángde Nín kàn nín chuānshang zhèi tào yīfu
今年的裙子不興長的。您看，您穿上這套衣服
gèng xiǎnde gāoguì dàfang
更顯得高貴大方。

甲：Hǎo le jiù mǎi zhèi tào ba Wǒ hái xiǎng kànkan kāfēisè nízi dàyī
好了，就買這套吧！我還想看看咖啡色呢子大衣。

丙：Nín xǐhuan jiānlǐngde háishì xīzhuānglǐngde
您喜歡尖領的還是西裝領的？

甲：Wǒ yào nèi jiàn yuánlǐngde Qǐng nǐ suànyisuàn yígòng duōshǎo qián
我要那件圓領的。請你算一算一共多少錢？

丙：Nín shì qiānkǎ háishi gěi xiànjīn
您是簽卡還是給現金？

乙：Qiān kǎ Nǐ mǎi wán le ba
簽卡。你買完了吧？

甲：Wǒ hái xiǎng qù mǎi gāogēnr xié ne
我還想去買高跟兒鞋呢。

丙：Mǎi gāogēnr xié qǐng dào sānlóu
買高跟兒鞋請到三樓。

## 一、讀音分辨

🎧 0704.mp3

| | | |
|---|---|---|
| xiù 袖 ── zòu 奏 | sè 色 ── sì 四 | |
| kù 褲 ── fù 副 | wà 襪 ── mà 罵 | |
| xié 鞋 ── hái 孩 | tào 套 ── tù 兔 | |
| lǜ dēng 綠燈 ── lù dēng 路燈 | xīncháo 新潮 ── xīnqiáo 新橋 | |

## 二、詞語對照

| 普通話 | 廣州話 | 普通話 | 廣州話 |
|---|---|---|---|
| 襯衫 | 恤衫 | 大衣 | 大樓 |
| 領帶 | 呔 | 襪子 | 襪 |
| 圍巾(圍脖兒) | 頸巾 | 項鏈兒 | 頸鏈 |
| 毛線 | 冷 | 高跟兒鞋 | 高睜鞋 |
| 毛衣 | 冷衫 | 鑰匙 | 鎖匙 |
| 呢子 | 絨 | | |

## 三、表達習慣

1. 香港人買衣服和鞋，習慣上用英文的"SIZE"或"碼"來説大、小。兒普通話則用"尺寸"、"號"。

2. 指衣服是否合身，普通話用"長"、"短"、"肥"、"瘦"。指鞋則説"大"、"小"、"肥"、"瘦"。無論衣服或鞋，都不可以像廣東話用"闊"、"窄"來形容。

3. 廣州話説"着衫"、"除鞋"，普通話説衣服和鞋是用"穿"和"脱"，眼鏡、手套、圍巾是用"戴"和"摘"，鞋帶是用"繫(jì)"和"解(jiě)"。

4.  普通話用於鞋、襪的量詞是"雙"、"隻"，不是"對"。如兩雙鞋、一隻襪子。眼鏡、手套是用"副"，裙子、褲子用"條"，衣服用"件"或"套"。
5.  廣州話説"度吓"、"度吓幾大"，普通話説"量量"或"量一量尺寸"。

## 語音

### 一、鼻韻母 ian in iang ing iong

 0705.mp3

| ian<br>yan（煙） | jiǎnyàn 檢驗 | yànyǎn 驗眼 |
|---|---|---|
| in<br>yin（因） | pīnyīn 拼音 | xīnjīn 薪金 |
| iang<br>yang（央） | xiāngjiāng 香江 | xiǎngliàng 響亮 |
| ing<br>ying（英） | xìngmíng 姓名 | jīngyīng 精英 |
| iong<br>yong（擁） | xiōngyǒng 洶湧 | xiōngqióng 芎藭 |

拼寫規則

以 i 開頭的鼻韻母，自成音節時 in、ing 前面加 y，其他的 i 改寫成 y。

### 二、對比辨音前、後鼻韻母

 0706.mp3

| ［-n］ | ［-ng］ |
|---|---|
| xìnfú 信服 | xìngfú 幸福 |
| qīnjìn 親近 | qīngjìng 清靜 |
| jīnyú 金魚 | jīngyú 鯨魚 |
| tánqín 彈琴 | tánqíng 談情 |
| rénmín 人民 | rénmíng 人名 |

## 三、拼讀詞語

| | | | |
|---|---|---|---|
| yànqǐng 宴請 | yínháng 銀行 | yángqín 揚琴 | yīngyǒng 英勇 |
| xīnqín 辛勤 | míngxīng 明星 | diàndēng 電燈 | xiāngbīn 香檳 |

## 練習

### 一、把韻母填在橫線上

今 j_____　　京 j_____　　連 l_____　　量 l_____　　巾 j_____

兄 x_____　　聽 t_____　　領 l_____　　青 q_____　　件 j_____

### 二、句式替換

1. 我經常穿

    | | |
    |---|---|
    | 制服 | 校服 |
    | 西服 | 禮服 |
    | 便服 | 運動服 |

    上班／上學／上街／赴宴會／做運動

2. 我喜歡穿／
不喜歡穿

    | | | |
    |---|---|---|
    | 紅 | 橙 | 黃 |
    | 綠 | 青 | 藍 |
    | 紫 | 灰 | 黑 |
    | 白 | 粉紅 | 咖啡 |

    色的

    外套兒
    大衣
    連衣裙
    裙子
    褲子
    襯衫
    西服

    。

### 三、我問你答

1. 你要買什麼？　　　　我想買_____

    件
    條
    雙
    套

    _____。

2. 你買的衣服/ 鞋合適嗎？　正合適/ 太大了/ 太小了。
　　　　　　　　　　　　　　有點兒短/ 有點兒肥/ 有點兒瘦。

## 四、普通話怎麼說

1. 我鍾意着黃色嘅冷衫。
2. 呢兩日好凍，着多件衫喇！
3. 呢條褲唔啱身，我想買條裙。
4. 呢件衫幾錢吖？
5. 呢對鞋嘅踭太高喇，唔啱我。

## 五、談談説説

1. 平時你喜歡到哪些百貨商場或服裝店、鞋店買東西。
2. 談談你喜歡的衣著打扮和四季服裝。

## 答案

### 一、把韻母填在橫線上

| 今 j in | 京 j ing | 連 l ian | 量 l iang | 巾 j in |
|---|---|---|---|---|
| 兄 x iong | 聽 t ing | 領 l ing | 青 q ing | 件 j ian |

### 四、普通話怎麼說

1. 我喜歡穿黃顏色的毛衣。
2. 這兩天很冷，多穿件衣服呀！
3. 這條褲子不合身，我想買條裙子。
4. 這件衣服多少錢？
5. 這雙鞋的跟兒太高了，不適合我。

**詞語**  🎧 0801.mp3

| jī | yā | yú | xiā | xiè | niú ròu |
|---|---|---|---|---|---|
| 雞 | 鴨 | 魚 | 蝦 | 蟹 | 牛肉 |
| jiǔcài | luóbo | bōcài | qíncài | hǎizhé | pútao |
| 韭菜 | 蘿蔔 | 菠菜 | 芹菜 | 海蜇 | 葡萄 |
| píngguǒ | mángguǒ | hāmìguā | xīhóngshì | | |
| 蘋果 | 芒果 | 哈密瓜 | 西紅柿 | | |

**句子** 🎧 0802.mp3

Zánmen xiān dào chāojí shìchǎng qù mǎi xǐjié jīng yágāo yáshuā féi
1. 咱們 先 到 超級 市場 去 買 洗潔 精 、 牙膏 、 牙刷 、 肥
zào ránhòu zài shàng càishìchǎng mǎi cài
皂 ， 然後 再 上 菜市場 買菜 。

Jiā li de huāshēngyóu hé jiàngyóu kuài yòng wán le
2. 家裏 的 花生油 和 醬油 快 用 完 了 。

Tā ài chī jīdàn xiányādàn bú ài chī sōnghuādàn
3. 他 愛 吃 雞蛋 、 鹹鴨蛋 ， 不 愛 吃 松花蛋 。

Nǐ kàn zhèr de cài zhēn xīnxian shì Xīnjiè yùn láide mǎi diǎnr xī
4. 你 看 ， 這兒 的 菜 真 新鮮 ， 是 新界 運 來的 ， 買 點兒 西
yángcài huíqu zhǔtāng
洋 菜 回去 煮湯 。

Láo jià wǒ yào mǎi yì kē dàbáicài háiyào yíge húluóbo liǎng ge
5. 勞駕 ， 我 要 買 一 棵 大白菜 ， 還要 一 個 胡蘿蔔 、 兩 個
qīngluóbo yí gòng duōshao qián
青 蘿蔔 ， 一 共 多少 錢 ？

Jīntiān de cài hěn guì qīkuài qián zhǐ mǎi liǎng tiáo huángguā sīguā dōu yào
6. 今天 的 菜 很 貴 ， 七塊 錢 只 買 兩 條 黃瓜 ， 絲瓜 都 要
shíkuài qián yì jīn
十塊 錢 一 斤 。

7. 我想買一斤豆苗，不知道是清炒好呢，還是用
螃蟹肉炒，你說呢？

8. 先在這邊兒買一條活魚、一斤活蝦，再上那邊兒
買半斤豬肝。晚上吃火鍋兒好嗎？

9. 麻煩你給我挑一個紅瓤兒的西瓜，要熟一點兒的，還
要一把兒香蕉。

10. 要多吃蔬菜和水果，對身體健康有好處。

## 課文　🎧 0803.mp3

甲：你早！這麼早來買菜啊！

乙：早！還沒買菜呢！剛才在水果攤兒買了一斤葡萄
和幾個蘋果，你呢？

甲：我買了半斤牛肉，你看嫩不嫩？我想用牛肉炒
菜心。

乙：不錯，挺嫩的，牛肉炒生菜、炒苦瓜也好啊！

甲：苦瓜味道太苦了，孩子們不愛吃。欸？你想買什
麼菜啊？

乙：今天我家來客人，要添菜。你幫我想想買些什
麼菜好？

甲：先買一斤排骨、一隻老母雞，和鮑魚一起熬湯。

乙：
Nà chǎo shénme cài ne
那 炒 什麼 菜 呢 ？

甲：
Mǎi yì jīn qié zi      zài mǎi diǎnr cōng    jiāng    suàn    zuò      yúxiāng
買 一 斤 茄子 ，再 買 點兒 蔥 、 薑 、 蒜 ， 做 " 魚 香
qié zi
茄 子 " 。

乙：
Shuō dào yú     wǒ zhèng xiǎng mǎi tiáo huánghuāyú zuò sōngshǔhuángyú ne
説 到 魚 ， 我 正 想 買 條 黃 花魚 做 松鼠黃魚 呢 ！

甲：
Búcuò    Nǐ zài mǎi diǎnr xīhóngshì     kěyi chǎo jīdàn     xīhóngshì chǎo
不錯 。 你 再 買 點兒 西紅柿 ， 可以 炒 雞蛋 ，西紅柿 炒
tǔ dòur     yángbáicài yě hǎo chī
土豆兒 、 洋白菜 也 好 吃 。

乙：
Jiǔ cài chǎo jīdàn huòzhě chǎo ròusī yě dōu búcuò
韭菜 炒 雞蛋 或者 炒 肉絲 也 都 不錯 。

甲：
Duì le     jiǔcài     zhūròu     dàbáicài hé xiārénr bāo jiǎozi     duō hǎo
對了 ， 韭菜 、 豬肉 、 大白菜 和 蝦仁兒 包 餃子 ， 多 好
chī a
吃 啊 ！

乙：
Gāncuì wǒ bāo jiǎozi qǐng kèren chī hǎo le
乾脆 我 包 餃子 請 客人 吃 好 了 。

甲：
Zài pèishang jǐ ge liángbàncài jiù gèng hǎo le
再 配 上 幾 個 涼拌菜 就 更 好 了 。

乙：
Hǎo zhǔyi     Còu sì ge liáng pánr
好 主意 ！ 湊 四 個 涼盤兒 。

甲：
Huánggua bàn fěn pír     bàn hǎizhé
黃 瓜 拌 粉皮兒 、 拌 海蜇 。

乙：
Tángcù'ǒu     zài lái yí ge qíncài bàn yāzhǎng
糖醋藕 ，再 來 一個 芹菜 拌 鴨掌 。

甲：
Zhènghǎo sì ge     Yào mǎi zhème duō cài     hái búkuài diǎnr zǒu
正 好 四 個 ！ 要 買 這麼 多 菜 ， 還 不 快 點兒 走 ！

## 一、讀音分辨

🎧 0804.mp3

| xián | hǎn |
|---|---|
| 鹹 —— | 喊 |

| xiè | hái |
|---|---|
| 蟹 —— | 孩 |

| shuāguō | cāguō |
|---|---|
| 刷鍋 —— | 擦鍋 |

| yì guō | yì wō |
|---|---|
| 一鍋 —— | 一窩 |

| jiǎo z i | gǎo z i |
|---|---|
| 餃子 —— | 稿子 |

| xī guā | sī guā |
|---|---|
| 西瓜 —— | 絲瓜 |

| yì jīn | yì gēn |
|---|---|
| 一斤 —— | 一根 |

## 二、詞語對照

| 普通話 | 廣州話 | 普通話 | 廣州話 |
|---|---|---|---|
| 黃瓜 | 青瓜 | 水果 | 生果 |
| 茄子 | 矮瓜 | 柿子 | 柿 |
| 西紅柿 | 番茄 | 草莓 | 士多啤梨 |
| 土豆(馬鈴薯) | 薯仔 | 荸薺 | 馬蹄 |
| 洋白菜 | 椰菜 | 菜市 | 街市 |
| 大白菜 | 黃芽白 | 醬油 | 豉油 |
| 大湯勺兒 | 湯殼 | 鍋 | 鑊 |

## 三、表達習慣

1. 廣州話説"煮餸"，普通話説"做菜"。實際上有時包括"炒"、"炸"、"煎"或"煮"、"燉"、"蒸"。

2. 廣州話説"煲湯"，普通話説"熬湯"。而廣州話的"滾湯"普通話説"煮湯"或叫"做湯"。

3. 廣州話"生猛"的魚、蝦，普通話説"活魚"、"活蝦"。

4. 普通話説"梨"、"棗"不能加"子"，而是在前面加品種名，如：鴨梨、雪梨、紅棗、小棗。廣州話説兩個字的"蓮藕"，普通話卻只説一個字"藕"。

## 語音

### 一、舌尖後音 zh ch sh r（也叫翹舌音）

 0805.mp3

| zh（知） | zhèngzhí 正直 | zhànzhǎng 站長 |
|---|---|---|
| ch（吃） | chángchéng 長城 | chōuchá 抽查 |
| sh（師） | shīshēng 師生 | shuāngshǒu 雙手 |
| r（日） | rìrì 日日 | réngrán 仍然 |

對比辨音

zh 和 j

| zh | j |
|---|---|
| zhúzi 竹子 | júzi 橘子 |

ch 和 x

| ch | x |
|---|---|
| zhǔchí 主持 | zhǔxí 主席 |

sh 和 x

| sh | x |
|---|---|
| shànghǎi 上海 | xiànghǎi 向海 |

r 和 i

| r | i |
|---|---|
| rìběn 日本 | yìběn 一本 |

**69**

整體記認(zh、ch、sh、r後面的-i是舌尖後韻母)

| zhī 知 | zhí 直 | zhǐ 止 | zhì 志 |
|---|---|---|---|
| chī 吃 | chí 遲 | chǐ 尺 | chì 赤 |
| shī 師 | shí 時 | shǐ 使 | shì 事 |

詞例:
zhírì 值日　shíchǐ 十尺　shìshí 事實

## 二、複韻母 ua uo uai uei（-ui）

0806.mp3

| ua<br>wa （蛙） | wáwa 娃娃 | huāwà 花襪 |
|---|---|---|
| uo<br>wo （窩） | zuòwò 坐臥 | duōshuō 多說 |
| uai<br>wai （歪） | wàikuài 外快 | shuāihuài 摔壞 |
| uei<br>wei （威） | huìduì 匯兌 | zhuīsuí 追隨 |

拼寫規則
1. 以 u 開頭的複韻母,自成音節時,u 要改寫成 w。
2. uei 前面拼聲母時,省去中間的 e,寫成 -ui,如 hui 會。

對比辨音
**wai 和 wei**

| wai（-uai） | wei（-ui） |
|---|---|
| wàilái 外來 | wèilái 未來 |
| guàirén 怪人 | guìrén 貴人 |

wai 和 ai

| wai | ai |
|---|---|
| wàiguó 外國 | àiguó 愛國 |
| wàishì 外事 | àishì 礙事 |

## 三、拼音詞語

| bàozhǐ 報紙 | guāguǒ 瓜果 | shāngchǎng 商場 | zhuīchá 追查 |
|---|---|---|---|
| shǎoshù 少數 | Ruìshì 瑞士 | zhāngchéng 章程 | shuǐchǎn 水產 |

## 練習

### 一、拼讀詞語並寫出漢字

miànbāo　　páigǔ　　pángxiè　　huóxiā　　jiàngyóu　　shìchǎng
（　　）　（　　）　（　　）　（　　）　（　　）　（　　）

### 二、句式替換

1. 我愛吃/
不愛吃的水果有

| 蘋果 | 芒果 | 枇杷果 |
|---|---|---|
| 橘子 | 柿子 | 李子 |
| 草莓 | 櫻桃 | 葡萄 |
| 梨 桃 | 杏 | 橙 |
| 木瓜 | 西瓜 | 哈密瓜 |

。

2. 我每天吃的蔬菜是

| 菠菜 | 韭菜 | 芹菜 | 西洋菜 |
|---|---|---|---|
| 小白菜 | 大白菜 | 洋白菜 | 菜心 |
| 豆苗 | 豆芽菜 | 西紅柿 | 冬瓜 |

。

### 三、普通話怎麼說

1. 買菩提子畀你食。
2. 牛肉貴過豬肉。
3. 我唔多鍾意食芹菜。
4. 我最鍾意食蟹。
5. 唔該，秤多半磅士多啤梨畀我。

### 四、談談說說

1. 說說你愛吃多蔬菜和水果。
2. 你喜歡上哪兒去買菜？

## 答案

### 一、拼讀詞語並寫出漢字

（麵包） （排骨） （螃蟹） （活蝦） （醬油） （市場）

### 三、普通話怎麼說

1. 買葡萄給你吃。
2. 牛肉比豬肉貴！
3. 我不太喜歡吃芹菜。
4. 我最喜歡吃螃蟹。
5. 勞駕，再多給我稱半斤草莓。

# 第九課

JU ZHU

# 居住

## 詞語

 0901.mp3

| jū zhù | xiázhǎi | shūfáng | chúfáng | dàshà |
|---|---|---|---|---|
| 居住 | 狹窄 | 書房 | 廚房 | 大廈 |
| wòshì | zǒuláng | kuānchǎng | wūcūn | gàilóu |
| 臥室 | 走廊 | 寬敞 | 屋邨 | 蓋樓 |
| gōnglóu | ànjiē | dàikuǎn | diàntī | tíngchēchǎng |
| 供樓 | 按揭 | 貸款 | 電梯 | 停車場 |

## 句子

0902.mp3

Xiānggǎng dì shǎo rén chóu jū zhù huánjìng xiázhǎi
1. 香港地少人稠，居住環境狹窄。

Xiànzài dì chǎn shìdào bǐ qùnián xīngwàng le lóu jià zhìshǎo zhǎng le
2. 現在地產市道比去年興旺了，樓價至少漲了
liǎng chéng
兩成。

Wǒ xiǎng qù Shātián kànkan xīn gàide Měilì dàshà de shìfàn dānwèi
3. 我想去沙田，看看新蓋的美麗大廈的示範單位，
nǐ qù ma
你去嗎？

Zhège dānwèi de fáng zi bú suàn xiǎo zhìshǎo yǒu yìqiān chǐ Zhèibianr shì
4. 這個單位的房子不算小，至少有一千呎。這邊兒是
kètīng fàntīng nèibianr shì wòshì zhǔrénfáng shūfáng háiyǒu gōng
客廳、飯廳，那邊兒是臥室、主人房、書房，還有工
rénfáng
人房。

Chúfáng li de chúguì yùshì li de dàzǎopén dōu tǐng hǎo de yánsè
5. 廚房裏的櫥櫃、浴室裏的大澡盆都挺好的，顏色
hěn piàoliang
很漂亮。

Xiànzài zū fáng zi zhù zūjīn tài guì le hái bù rú fēnqī fùkuǎn mǎi
6. 現在租房子住，租金太貴了，還不如分期付款買
fáng zi ne
房子呢！

7. <ruby>這<rt>zhèi</rt></ruby> <ruby>座<rt>zuò</rt></ruby> <ruby>大廈<rt>dàshà</rt></ruby> <ruby>家家<rt>jiā jiā</rt></ruby> <ruby>都<rt>dōu</rt></ruby> <ruby>有<rt>yǒu</rt></ruby> <ruby>陽台<rt>yángtái</rt></ruby>，<ruby>陽光<rt>yángguāng</rt></ruby> <ruby>充足<rt>chōngzú</rt></ruby>，<ruby>冬暖夏涼<rt>dōngnuǎn xiàliáng</rt></ruby>，
<ruby>環境<rt>huánjìng</rt></ruby> <ruby>不錯<rt>búcuò</rt></ruby>，<ruby>下面<rt>xiàmian</rt></ruby> <ruby>還有<rt>háiyǒu</rt></ruby> <ruby>停車場<rt>tíngchēchǎng</rt></ruby> <ruby>呢<rt>ne</rt></ruby>！

8. <ruby>十八<rt>Shíbā</rt></ruby> <ruby>樓<rt>lóu</rt></ruby>A <ruby>座<rt>zuò</rt></ruby> <ruby>是<rt>shì</rt></ruby> <ruby>朝<rt>cháo</rt></ruby> <ruby>南<rt>nán</rt></ruby> <ruby>的<rt>de</rt></ruby>，<ruby>方向好<rt>fāngxiàng hǎo</rt></ruby>，<ruby>又是<rt>yòushì</rt></ruby> <ruby>面<rt>miàn</rt></ruby> <ruby>向<rt>xiàng</rt></ruby> <ruby>海<rt>hǎi</rt></ruby>，<ruby>背<rt>bèi</rt></ruby>
<ruby>靠山<rt>kào shān</rt></ruby>，<ruby>走廊<rt>zǒuláng</rt></ruby> <ruby>也<rt>yě</rt></ruby> <ruby>很<rt>hěn</rt></ruby> <ruby>寬敞<rt>kuānchang</rt></ruby> 。

9. <ruby>李<rt>Lǐ</rt></ruby> <ruby>經理<rt>jīnglǐ</rt></ruby> <ruby>最近<rt>zuìjìn</rt></ruby> <ruby>買了<rt>mǎi le</rt></ruby> <ruby>半山區<rt>bànshānqū</rt></ruby> <ruby>的<rt>de</rt></ruby> <ruby>別墅<rt>biéshù</rt></ruby>，<ruby>正在<rt>zhèng zài</rt></ruby> <ruby>裝修<rt>zhuāngxiū</rt></ruby>，<ruby>還在<rt>hái zài</rt></ruby>
<ruby>天津<rt>Tiānjīn</rt></ruby> <ruby>訂購<rt>dìnggòu</rt></ruby> <ruby>了<rt>le</rt></ruby> <ruby>地毯<rt>dìtǎn</rt></ruby>。

10. <ruby>什麼<rt>Shénme</rt></ruby> <ruby>時候<rt>shíhou</rt></ruby> <ruby>搬家<rt>bānjiā</rt></ruby> <ruby>啊<rt>a</rt></ruby>？<ruby>挑<rt>Tiāo</rt></ruby> <ruby>個<rt>ge</rt></ruby> <ruby>好<rt>hǎo</rt></ruby> <ruby>日子<rt>rìzi</rt></ruby>，<ruby>我們<rt>wǒmen</rt></ruby> <ruby>給<rt>gěi</rt></ruby> <ruby>你<rt>nǐ</rt></ruby> <ruby>祝賀<rt>zhùhè</rt></ruby> <ruby>喬遷<rt>qiáoqiān</rt></ruby>
<ruby>之<rt>zhī</rt></ruby> <ruby>喜<rt>xǐ</rt></ruby> <ruby>啊<rt>a</rt></ruby>！

## 課文

🎧 0903.mp3

甲： <ruby>您<rt>Nín</rt></ruby> <ruby>住<rt>zhù</rt></ruby> <ruby>在<rt>zài</rt></ruby> <ruby>哪兒<rt>nǎr</rt></ruby> ？

乙： <ruby>我<rt>Wǒ</rt></ruby> <ruby>住<rt>zhù</rt></ruby> <ruby>在<rt>zài</rt></ruby> <ruby>九龍<rt>Jiǔlóng</rt></ruby>，<ruby>房子<rt>fángzi</rt></ruby> <ruby>是<rt>shì</rt></ruby> " <ruby>公共屋邨<rt>gōnggòngwūcūn</rt></ruby>"。

甲： <ruby>交通<rt>Jiāotōng</rt></ruby> <ruby>方便<rt>fāngbiàn</rt></ruby> <ruby>嗎<rt>ma</rt></ruby>？

乙： <ruby>方便<rt>Fāngbiàn</rt></ruby> 。<ruby>頂<rt>Dǐng</rt></ruby> <ruby>多<rt>duō</rt></ruby> <ruby>走<rt>zǒu</rt></ruby> <ruby>五分鐘<rt>wǔfēnzhōng</rt></ruby> <ruby>就<rt>jiù</rt></ruby> <ruby>到<rt>dào</rt></ruby> <ruby>公共<rt>gōnggòng</rt></ruby> <ruby>汽車站<rt>qìchēzhàn</rt></ruby> 。<ruby>您<rt>Nín</rt></ruby> <ruby>住<rt>zhù</rt></ruby>
<ruby>哪兒<rt>nǎr</rt></ruby> ？

甲： <ruby>我<rt>Wǒ</rt></ruby> <ruby>原來<rt>yuánlái</rt></ruby> <ruby>住<rt>zhù</rt></ruby> <ruby>在<rt>zài</rt></ruby> <ruby>港島<rt>Gǎngdǎo</rt></ruby>，<ruby>是<rt>shì</rt></ruby> <ruby>租<rt>zū</rt></ruby> <ruby>的<rt>de</rt></ruby> <ruby>房子<rt>fángzi</rt></ruby> 。<ruby>最近<rt>Zuìjìn</rt></ruby> <ruby>在<rt>zài</rt></ruby> <ruby>大埔<rt>Dàbù</rt></ruby> <ruby>買了<rt>mǎile</rt></ruby>
<ruby>新樓<rt>xīnlóu</rt></ruby> 。

乙： <ruby>大埔<rt>Dàbù</rt></ruby> ！<ruby>離<rt>Lí</rt></ruby> <ruby>市區<rt>shìqū</rt></ruby> <ruby>太<rt>tài</rt></ruby> <ruby>遠<rt>yuǎn</rt></ruby> <ruby>了<rt>le</rt></ruby> 。

甲： <ruby>沒<rt>Méi</rt></ruby> <ruby>關係<rt>guānxi</rt></ruby> 。<ruby>住<rt>Zhù</rt></ruby> <ruby>在<rt>zài</rt></ruby> <ruby>郊區<rt>jiāoqū</rt></ruby> <ruby>空氣<rt>kōngqì</rt></ruby> <ruby>新鮮<rt>xīnxiān</rt></ruby>，<ruby>青山<rt>qīngshān</rt></ruby> <ruby>綠水<rt>lǜshuǐ</rt></ruby> ，<ruby>環境<rt>huánjìng</rt></ruby>
<ruby>優美<rt>yōuměi</rt></ruby> 。

乙： 這 房子 有 多 大 ？ 每月 供 多少 錢 ？

甲： 建築 面積 八百 多 呎 。 向 銀行 貸款 七成 ， 每月 供 兩 萬 多 。

乙： 夠 貴 的 ！ 在 香港 的 衣 、 食 、 住 、 行 最貴 的 要 算 是 住 了 。 每月 供 樓 的 錢 就 佔 去 家庭 收入 的 一 半 。

甲： 可 不 是 ！ 以 後 得 省 吃 儉 用 了 。

乙： 要是 夠 資格 申請 住 政府 蓋 的 公 共 屋邨 ， 房租 很 便 宜 。

甲： 輪候 時間 太 長 了 。

乙： 其實 ， 買 居者 有 其 屋 也 比 私人 樓宇 便宜 得 多 。

甲： 可惜 我 不 夠 資格 。

乙： 欸 ， 聽 説 北京 居民 很多 住 在 四合院兒 裏 ？

甲： 以前 很 多 。 由 於 城市 發展 拆 了 不少 ， 原 地 蓋 了 摩 天 大 樓 。

乙： 四合院兒 的 房子 是不是 大 多 數 都 在 胡同 裏 ？

甲： 是 啊 ！ 四合院兒 是 由 東 、 西 、 南 、 北 四 面 房子 圍 合 成 的 內 院 式 住宅 。

乙： 所以 ， 老 北京人 叫 它 "四合院兒" 是 吧 ！

甲：對，以前在中國傳統觀念中，四世同堂住在一座"天圓地方"的四合院兒裏，才能盡享天倫之樂！

乙：也有好幾家同人住在一個四合院兒裏。左鄰右舍都能和睦相處，守望相助嗎？

甲：能！遠親不如近鄰嘛！

乙：那倒也是。您住過四合院兒嗎？

甲：住過，那是幾十年前的事啦！

## 普通話應該怎麼說

### 一、讀音分辨

| | | | |
|---|---|---|---|
| yī lóu 一樓 —— | yī liú 一流 | lóufáng 樓房 —— | láofáng 牢房 |
| chú zi 廚子 —— | chuí zi 錘子 | měi lì 美麗 —— | mǐ lì 米粒 |
| biéshù 別墅 —— | biéshuì 別睡 | bān jiā 搬家 —— | bàn jià 半價 |
| xiànghǎi 向海 —— | shànghǎi 上海 | zhǎng jià 漲價 —— | jiǎng jià 講價 |

### 二、詞語對照

| 普通話 | 廣州話 | 普通話 | 廣州話 |
|---|---|---|---|
| 家 | 屋企 | 過道 | 冷巷 |
| 房子 | 屋 | 澡盆 | 浴缸 |
| 地毯 | 地氈 | 淋浴室（澡房） | 浴室、沖涼房 |
| 買房子 | 買屋 | 陽臺 | 露台 |
| 傢具 | 傢俬 | 亮堂 | 光猛 |

### 三、表達習慣

1. 廣州話的"屋"、"起屋"、"大屋"、"屋租"，普通話說"房子"、"蓋房子"、"大房子"、"房租"。但是廣州話說"搬屋"，普通話則說"搬家"。

2. 廣州話說"一層樓"，多數是指每層樓但一個單位，並不是全層，普通話說"一個單元"或"一個單位"。

3. 胡同 —— 是北京老市區內的巷。有的胡同很寬，和大馬路差不多，有的卻窄得只能走過一個人。

第九課

居住

## 一、舌尖前音 z c s（也叫平舌音）

🎧 0905.mp3

| z（資） | zìzūn 自尊 | zǒngzé 總則 |
| c（疵） | cāicè 猜測 | céngcì 層次 |
| s（思） | sīsuǒ 思索 | suǒsuì 瑣碎 |

對比辨音 s 和 c

| s | c |
| --- | --- |
| sài 賽 | cài 菜 |
| sōng 松 | cōng 聰 |
| sù 速 | cù 促 |

翹舌音和平舌音

| 翹舌音 | 平舌音 |
| --- | --- |
| zhìzào 製造 | zìzào 自造 |
| chūbù 初步 | cūbù 粗布 |
| shīrén 詩人 | sīrén 私人 |

整體記認（z c s 後面得 -i 是舌尖前韻母）

| zìsī 自私 | cǐcì 此次 |
| zìzhì 自治 | cízhí 辭職 |

## 二、鼻韻母 uan　uen（-un）uang　ueng

0906.mp3

| uan<br>wan（灣） | zhuānkuǎn 專款 | wǎnzhuǎn 婉轉 |
| uen<br>wen（溫） | Lúndūn 倫敦 | húntun 餛飩 |
| uang<br>wang（汪） | huángguāng 黃光 | chuāngkuàng 窗框 |
| ueng<br>weng（翁） | yúwēng 漁翁 | wèngcài 蕹菜 |

拼寫規則

1. 以 u 開頭的鼻韻母，自成音節時，u 要改寫成 w。
2. uen 前面拼聲母時，省去中間的 e，寫成 -un，如 chūn 春。
3. ueng 不能跟聲母相拼，只能自成音節，如 wēng（翁）。

對比辨音

### ang 和 uang

| ang | uang |
| --- | --- |
| jīngāng 金剛 | jīnguāng 金光 |
| shāngrén 商人 | shuāngrén 雙人 |
| gǎngdà 港大 | guǎngdà 廣大 |

## 三、拼讀詞語

| wūcūn 屋邨 | cǎisè 彩色 | cáozá 嘈雜 |
| Guǎngzhōu 廣州 | Dūnhuáng 敦煌 | zuànshí 鑽石 |
| císhàn 慈善 | cùnjīnchǐtǔ 寸金尺土 | |

第九課　居住

## 一、拼讀並寫出漢字

1. Mǎi xīnlóu búyào jièshàofèi.
2. Wǒ xiàge xīngqī jiù bānjiā，bān dào Tóngluówān.
3. Wǒmen yǐ fēnqī fùkuǎn de fāngshì mǎile fángzi.
4. Lóuxià yǒu hěnduō shāngdiàn，mǎi dōngxi hěn fāngbiàn.

## 二、句式替換

1. 我住的房子是

| | |
|---|---|
| 公共屋邨 | 私人樓宇 |
| 居者有其屋 | 商住大廈 |

。

2. 我住在香港的

| | |
|---|---|
| 中環 | 西環 |
| 半山區 | 柴灣 |
| 碧瑤灣 | 太古城 |
| 薄扶林道 | 跑馬地 |

。

3. 我住在九龍的

| | |
|---|---|
| 廣播道 | 土瓜灣 |
| 九龍塘 | 慈雲山 |
| 彩虹 | 旺角 |
| 何文田 | 美孚新邨 |

。

4. 我住在新界的

| | |
|---|---|
| 荃灣 | 沙田 |
| 屯門 | 元朗 |
| 粉嶺 | 上水 |
| 大浦 | 青衣 |

。

### 三、普通話怎麼説

1. 呢間屋有六間房。
2. 你住宿舍習唔習慣？
3. 佢返鄉下起屋。
4. 呢度背山面海，唔止環境優美，空氣重好添。
5. 佢嘅屋企鋪咗綠色地氈。

### 四、談談説説

1. 你理想的居住環境是怎樣的？
2. 談談本港和你所知道的世界一些地方的居住情況。

## 答案

### 一、拼讀並寫出漢字

1. 買新樓不要介紹費。
2. 我下個星期就搬家，搬到銅鑼灣。
3. 我們以分期付款的方式買了房子。
4. 樓下有很多商店，買東西很方便。

### 三、普通話怎麼説

1. 這所房子有六間屋子。
2. 你住宿舍習慣不習慣？
3. 他回家鄉蓋房子。
4. 這兒背山面海，不但環境優美，而且空氣還好呢！
5. 他的家鋪了綠色地毯。

## DI-SHIKE
# 第十課

## JIAOTONG GONG JU
# 交通 工具

---

### 詞語
🎧 1001.mp3

| qìchē | diànchē | huǒchē | zìxíngchē | mótuōchē |
|---|---|---|---|---|
| 汽車 | 電車 | 火車 | 自行車 | 摩托車 |
| kāichē | dǔchē | chāochē | dānxíngxiàn | shuǐyìchuán |
| 開車 | 堵車 | 超車 | 單行線 | 水翼船 |
| dìtiě | fēijī | wòpù | rénxíngdào | gōnggòng qìchē |
| 地鐵 | 飛機 | 臥鋪 | 人行道 | 公共 汽車 |

---

### 句子
🎧 1002.mp3

Qǐng wèn Jiǔlóng kāi wǎng Běijīng de huǒchē měitiān yǒu jǐ tàng
1. 請 問 ，九 龍 開 往 北 京 的 火 車 每 天 有 幾 趟 ?

Huǒchē zài zhèige zhàn tíng duōcháng shíjiān　　 Wǒ xiàchē mǎi diǎnr dōngxi lái
2. 火 車 在 這 個 站 停 多 長 時 間 ? 我 下 車 買 點 兒 東 西 來
de jí ma
得 及 嗎 ?

Gěi nǐ mǎide huǒchēpiào shì ruǎnxí wòpù　　 zài bā hào chēxiāng　 wǒ zìjǐ
3. 給 你 買 的 火 車 票 是 軟 席 臥 鋪 ，在 八 號 車 廂 ， 我 自 己
mǎide shì yìngwò
買 的 是 硬 臥 。

Nǐ zhīdao guò hǎi gōnggòng qìchē tóubānchē hé mòbānchē shì jǐ diǎn
4. 你 知 道 過 海 公 共 汽 車 頭 班 車 和 末 班 車 是 幾 點
zhōng kāi
鐘 開 ?

Zuò　　 jī　 tiě　 èr shí duō fèn zhōng jiù dào chì liè jiǎo guó jì jī
5. 坐 " 機 一 鐵 " 二 十 多 分 鐘 就 到 赤 鱲 角 國 際 機
chǎng le
場 了 。

Nǐ kāi chē kāi màn diǎnr　　 zhùyì ān quán　 bié lǎoshì chāochē
6. 你 開 車 開 慢 點 兒 ，注 意 安 全 ， 別 老 是 超 車 !

Zhèi tiáo lù shì dānxíngxiàn　　 wǒ bǎ chē tíng zài Dàhuìtáng tíngchēchǎng le
7. 這 條 路 是 單 行 線 ， 我 把 車 停 在 大 會 堂 停 車 場 了 。

8. 我的行李很多。勞駕，請你把那輛車開過來，從前邊路口拐彎兒。

9. 香港馬路狹窄，路少車多，有的地方經常堵車。

10. 開車的司機和行人都要遵守交通規則，行人要走人行道，過馬路要走人行橫道。

**課文**

🎧 1003.mp3

衣、食、住、行是人們生活四大必需。「行」，雖然排到最後，但也是不可或缺的。香港海、陸、空交通四通八達，到什麼地方去都有很多種交通工具。特別是出租汽車更是方便，隨時招手即到。連接香港、九龍、新界的，有過海底隧道的公共汽車、渡海小輪船和快速的「地鐵」。

**我們**一家人上班、上學，幾乎把所有的交通工具都用上了。爸爸自己開車，媽媽上班坐「地鐵」，下班坐「飛翔船」，哥哥騎摩托車，妹妹上學坐電車。我坐什麼車就不一定了！公共汽車太擠了，上下班時排大隊，所以我經常坐小型公共汽車；要是趕時間就坐「地鐵」或是打的。有時，一天之中我坐好幾種車呢！有一次，我和妹妹上大尾篤去騎自行車玩兒。

從 柴灣 坐 "地鐵" 到 九龍塘 換 電氣化 火車 ， 到 大埔墟
再 倒 72 號 K 公共 汽車 ， 倒了 好 幾 趟 車 才 到 ！

香 港 不但 本地 交通 發達 ， 而且 通過 空運 、 海運 聯繫 着
世界 各地 。 單 說 飛機 ， 每 星期 就 有 三十 多 家 航空 公
司 ， 提供 三千 多 班 定期 飛機 ， 飛 往 世界 各地 。 從 本
港 坐 飛機 到 旅客 約 三千 多 萬 人次 ， 佔 世界 第七 位 。 難
怪 有 些 人 坐 飛機 好像 坐 公共 汽車 一樣 呢 ！

## 一、讀音分辨

🎧 1004.mp3

| chuán<br>船 | —— | xuán<br>懸 | | ruǎn<br>軟 | —— | yuǎn<br>遠 |
| xiáng<br>翔 | —— | qiáng<br>牆 | | hū<br>乎 | —— | fū<br>夫 |
| chāoguò<br>超過 | —— | qiāoguò<br>敲過 | | huǒchē<br>火車 | —— | huòchē<br>貨車 |
| sī jī<br>司機 | —— | sì jì<br>四季 | | dǎochē<br>倒車 | —— | dàochē<br>倒車 |

## 二、詞語對照

| 普通話 | 廣州話 | 普通話 | 廣州話 |
| --- | --- | --- | --- |
| 公共汽車 | 巴士 | 堵車 | 塞車 |
| 摩托車 | 電單車 | 路口 | 街口 |
| 自行車 | 單車 | 坐車 | 搭車 |
| 開車 | 揸車 | 下車 | 落車 |
| 停車 | 泊車 | 車票 | 車飛 |
| 超車 | 扒頭 | 末班車 | 尾班車 |
| 立交橋 | 天橋 | 人行道 | 行人路 |
| 單行線 | 單程路 | 人行橫道 | 斑馬線 |
| 倒車（換車） | 轉車 | | |

### 三、表達習慣

1. 香港以英文 TAXI 譯音"的士"，普通話説"出租車"，口語説"打的"，台灣習慣説"計程車"。
2. 廣州話"轉車"，普通話説"倒 dǎo 車"或者"換車"。而"退車"普通話説"倒 dào 車"。
3. 香港的公共汽車説"幾號巴士"，如8號巴士，普通話習慣説"8路公共汽車"、"4路無軌電車"等。
4. 廣州話"車"還當動詞用。如"車入去"、"車呢箱貨到車站"、"我車你去……"，普通話分別説"開"、"運"、"拉"。如"開進去"、"把這箱貨運到車站"，問出租汽車司機"你還拉坐兒嗎？"（即載客嗎？）

## 語音

### 一、複韻母 üe，鼻韻母 üan、ün

🎧 1005.mp3

| üe<br>yue （約） | lüèlüè 略略 | quèyuè 雀躍 |
| üan<br>yuan （冤） | quányuán 泉源 | yuánquān 圓圈 |
| ün<br>yun （暈） | jūnyún 均勻 | jūnxùn 軍訓 |

拼寫規則

1. ü 開頭的韻母自成音節時要加 y，省略 ü 上面的兩點。
2. ü 開頭的韻母和 j q x 相拼時省略上面兩點。如 què 雀。和 n、l 相拼時則不省略。如 lüè 略。

對比辨音

| xun | cun |
| --- | --- |
| xúngēn 尋根 | cúngēn 存根 |
| yìxún 一旬 | yīcún 依存 |

## 二、捲舌韻母 er

1. 發 e 音的同時，把舌頭向上捲起來，發出的音就是 er。er 可以自成音節。如 ér 兒，而，ěr 耳、èr 二、貳。

   er

   | | | | |
   |---|---|---|---|
   | értóng 兒童 | érqiě 而且 | ěrduo 耳朵 | èrshí 二十 |

2. 兒化韻時，只在音節的後面加上 r 表示捲舌動作。雖然寫出來是兩個漢字，但讀出來卻是一個音節。如花兒不要分開讀成花、兒，而要讀成 huār。

   -r

   | | | | |
   |---|---|---|---|
   | huār 花兒 | xiǎoháir 小孩兒 | xiǎoniǎor 小鳥兒 | hǎowánr 好玩兒 |

## 三、拼讀詞語

| | | | |
|---|---|---|---|
| ānquán 安全 | kōngyùn 空運 | juédìng 決定 | xuéyuàn 學院 |
| érzi 兒子 | zhèr 這兒 | nàr 那兒 | xiǎomāor 小貓兒 |

## 一、拼讀並寫出漢字

1. Wéiduōlìyà gǎng yǒu huòlún、huòguìchuán、háohuákèlún、 dùhǎixiǎolún.
2. Běn gǎng kōngyùn shífēn fādá.
3. Wǒ zhèngzài kǎo chēpái（jiàshǐ zhízhào）.
4. Guò mǎlù yào xiǎoxīn，rénrén zūnshǒu jiāotōng guīzé.

## 二、句式替換

1. 我坐過／沒坐過

| 無軌電車 | 子彈火車 |
|---|---|
| 豪華客輪 | 敞篷汽車 |
| 水翼船 | 飛翔船 |

。

2. 我想買一輛

| 小轎車 |
|---|
| 跑車 |
| 越野車 |
| 摩托車 |

，我喜歡

| 日本車 |
|---|
| 美國車 |
| 德國車 |
| 法國車 |

。

## 三、普通話怎麼説

1. 駛架車埋來。
2. 行人過馬路要行斑馬線。
3. 呢條路係單程路。
4. 我揸車返屋企，順路車埋你啊！
5. 返工、放工嘅時候啲巴士好逼。
6. 呢度唔可以泊車。

## 四、談談説説

1. 你對香港交通的看法。
2. 旅行時你經常坐什麼車、船、飛機？

## 一、拼讀並寫出漢字

1. 維多利亞港有貨輪、貨櫃船、豪華客輪、渡海小輪。
2. 本港空運十分發達。
3. 我正在考車牌（駕駛執照）。
4. 過馬路要小心，人人遵守交通規則。

## 三、普通話怎麼說

1. 把那輛車開過來。
2. 行人過馬路要走人行橫道。
3. 這條路是單行線。
4. 我開車回家，剛好順路，你坐我的車走吧！
5. 上班、下班的時候公共汽車很擠。
6. 這兒不可以停車。

# 第十一課

## KAN BING
# 看病

### 詞語　🎧 1101.mp3

| yī shēng dài fu | zhì bìng | yī yuàn | shǒu xù | zhù yuàn chù |
|---|---|---|---|---|
| 醫生（大夫） | 治病 | 醫院 | 手續 | 住院處 |
| bá yá | tǐ wēn | xīn zàng | xuè yā | xīn diàn tú |
| 拔牙 | 體溫 | 心臟 | 血壓 | 心電圖 |
| shǒu shù | shuāi shāng | yào fáng | wèi shēng | jiù hù chē |
| 手術 | 摔傷 | 藥房 | 衛生 | 救護車 |

### 句子　🎧 1102.mp3

Wǒ yào guàhào　　shì dì-yī cì lái zhèr kànbìng de　　guàhàofèi duōshao qián
1. 我 要 掛號 ，是 第 一 次 來 這兒 看病 的 ，掛號費 多少 錢 ？

Wǒ yá téng　　qiántiān bǔ de yá　　xiànzài háishì téng　　dài fu gěi wǒ yùyuē jīn
2. 我 牙 疼 ，前天 補 的 牙 ，現在 還是 疼 ，大夫 給 我 預約 今
tiān lái bá yá
天 來 拔牙 。

Kěnéng shì zuótiān wǎnshang zháoliáng　　le　　jīntiān tóuténg　　fā shāo　　liú
3. 可能 是 昨天 晚上 著涼 了 ，今天 頭疼 、 發燒 、 流
bí ti　　hái késou
鼻涕 ，還 咳嗽 。

Dào zhèibianr lái shì biǎo　　liáng yi liáng tǐ wēn　　bǎ biǎo fàngzài shétou dǐ xia
4. 到 這邊兒 來 試 表 ，量 一量 體溫 ，把 表 放在 舌頭 底下 。

Ràng wǒ kànkan sǎng zi　　zhāng kāi zuǐ　　a　　biǎntáoxiàn fā yán
5. 讓 我 看看 嗓子 ，張 開 嘴 ，"啊"……扁桃腺 發炎 ，
shì gǎnmào le
是 感冒 了 。

Nǐ ná zhèi zhāng huàyàndān xiān qù yàn xiě　　ránhòu zài qù zhào　guāng
6. 你 拿 這 張 化驗單 先 去 驗血 ，然後 再 去 照 X 光 。

Tīngting xīnzàng　　gěi nǐ liángliang xuè yā　　A　　xuè yā piān gāo
7. 聽聽 心臟 ，給 你 量量 血壓 。……啊 ！血壓 偏高 ，
gāo yā yì bǎi wǔshí　　dī yā jiǔshíwǔ　　Qǐng nǐ qù zuò ge xīndiàn tú
高壓 一百 五十 ，低壓 九十五 。 請 你 去 做 個 心電圖 。

8. Nǐ qù zhùshèshì dǎ zhēn, wǒ ná yàofāng shàng yàofáng qǔyào
你去注射室打針，我拿藥方上藥房取藥。

9. Nǐ zhè bìng bìxū zhù yuàn dòng shǒushù, jiào nǐ jiālirén xiān shàng zhùyuànchù qù bàn shǒuxù
你這病必須住院動手術，叫你家裏人先上住院處去辦手續。

10. Tā de gēbo shuāi de shāngshì hěn zhòng, kuài dǎ "jiǔ jiǔ jiǔ", jiào jiùhù chē lái, gǎnkuài sòng yīyuàn
他的胳膊摔得傷勢很重，快打"九九九"，叫救護車來，趕快送醫院。

---

## 課文

🎧 1103.mp3

甲：Nǐ nǎr bù shūfu
你哪兒不舒服？

乙：Dàifu, wǒ zhè liǎngtiān lā dùzi
大夫，我這兩天拉肚子。

甲：Shénme shíhou kāishǐ de
什麼時候開始的？

乙：Jīntiān zǎochen gǎnjué wèi yǒu diǎnr nánshòu, chībuxià dōngxi. Hòulái yízhèn yí zhèn de dùzi téng
今天早晨感覺胃有點兒難受，吃不下東西。後來一陣一陣的肚子疼。

甲：Zhè liǎng tiān nǐ dōu chī xiē shénme le
這兩天你都吃些什麼了？

乙：Zuótiān wǎnshang chī de gālí niúnǎn fàn hé yí ge bīngqilín
昨天晚上吃的咖喱牛腩飯和一個冰淇淋。

甲：Xiàtiān yào tèbié zhùyì yǐnshí wèishēng, nǐ yǐqián déguo shénme bìng ma
夏天要特別注意飲食衛生，你以前得過什麼病嗎？

乙：Yǒushí shāngfēng, yìliǎng tiān jiù hǎo le. Kěnéng yǒu fēngshīxìng guānjiéyán. Tiānqì biànhuà, wǒ de guānjié jiù téng
有時傷風，一兩天就好了。可能有風濕性關節炎。天氣變化，我的關節就疼。

甲：Yǒu-méi yǒu wèibìng
有沒有胃病？

乙：Kěnéng yǒu ba! Píngshí chīfàn bú dìng shí
可能有吧！平時吃飯不定時。

甲：　Ràng wǒ jiǎnchá jiǎnchá　　　　　zhèr téng-buténg
　　讓 我 檢查 檢查……，這兒 疼 不疼……

乙：　Dàifu　wǒ déde shì shénme bìng
　　大夫，我 得 的 是 什麼 病？

甲：　Nǐ shì déle jíxìng chángwèiyán　wǒ gěi nǐ kāi yào huíquchī　yǒu yào
　　你 是 得 了 急性 腸胃炎，我 給 你 開 藥 回去 吃，有 藥
　　piànr huò yàoshuǐr　chīwán yào jiù huì hǎode
　　片兒 和 藥水兒，吃完 藥 就 會 好的。

乙：　Yǒu zhǐténg de yào ma
　　有 止疼 的 藥 嗎？

甲：　Yǒu　Huíqu yào ànshí chī yào　duō hē shuǐ　zhùyì xiūxi　chī xiē hǎo
　　有！回去 要 按時 吃 藥，多 喝 水，注意 休息，吃 些 好
　　xiāohuà de dōngxi
　　消化 的 東西。

乙：　Xièxie dàifu
　　謝謝 大夫。

## 一、讀音分辨

🎧 1104.mp3

| | |
|---|---|
| shāo 燒 —— xiāo 消 | shǐ 始 —— qǐ 起 |
| jiù 救 —— gòu 夠 | bǔyǎng 補養 —— bǎoyǎng 保養 |
| shǒushù 手術 —— shǒuxù 手續 | dùzi 肚子 —— tùzi 兔子 |
| shétou 舌頭 —— shítou 石頭 | |

## 二、詞語對照

| 普通話 | 廣州話 | 普通話 | 廣州話 |
|---|---|---|---|
| 看病 | 睇醫生 | 住院 | 留醫 |
| 治病 | 醫病 | 拔牙 | 剝牙 |
| 着涼 | 冷親 | 摔倒了 | 跌親 |
| 噁心 | 作嘔 | 救護車 | 救傷車（十字車） |
| 量體溫、試表 | 探熱 | 不要緊 | 唔緊要 |
| 取藥 | 攞藥 | 上火 | 熱氣 |

## 三、表達習慣

1. 大夫dàifu：病人直接稱呼醫生，普通話口語習慣叫"大夫"，"大"的讀音是dài。醫生之間互相也叫"大夫"，如張大夫、李大夫。

2. "醫病"在普通話口語習慣說治病。如"王大夫把我多年的風濕病治好了"。

3. 牙痛、頭痛，普通話口語裏常說"牙疼"、"頭疼"。"疼"還有"疼愛"的意思，相當於粵語的"錫"，如"媽媽最疼小妹妹了"。

4. "難受"，是不舒服的意思。廣州話是"唔妥"、"好辛苦"。普通話口語常說"難受"或"不好受"。如"我的胃有點難受"、"昨天睡得不好，今天真不好受”。

5. 廣州話説“針紙”、“醫生紙”，普通話説“注射證明”、“病假條”或
“醫生證明”。

## 語音

### 一、較難聲母的分辨

🎧 1105.mp3

| 舌面音 | 舌尖後音（翹舌音） | 舌尖前音（平舌音） |
|---|---|---|
| j | zh | z |
| q | ch | c |
| x | sh | s |
| | r | |

對比辨音

1. 舌面音和舌尖後音

| j | jǔrén 舉人 | zh | zhǔrén 主人 |
|---|---|---|---|
| q | qiūfēng 秋風 | ch | chōufēng 抽風 |
| x | xiǎoshù 小數 | sh | shǎoshù 少數 |

2. 舌面音和舌尖前音

| j | tóujī 投機 | z | tóuzī 投資 |
|---|---|---|---|
| q | qiānjiā 千家 | c | cānjiā 參加 |
| x | xīguā 西瓜 | s | sīguā 絲瓜 |

3. 舌尖後音和舌尖後音（分辨平、翹舌音）

| z | zìlǐ 自理 | zh | zhìlǐ 治理 |
|---|---|---|---|
| c | tuīcí 推辭 | ch | tuīchí 推遲 |
| s | sìshí 四十 | sh | shìshí 事實 |

## 二、聲母總複習

| b | p | m | f | | d | t | n | l |
|---|---|---|---|---|---|---|---|---|
| 玻 | 坡 | 摸 | 佛 | | 德 | 特 | 訥 | 勒 |

| g | k | h | | | j | q | x | |
|---|---|---|---|---|---|---|---|---|
| 哥 | 科 | 喝 | | | 基 | 欺 | 希 | |

| zh | ch | sh | r | | z | c | s | |
|---|---|---|---|---|---|---|---|---|
| 知 | 吃 | 詩 | 日 | | 資 | 雌 | 思 | |

## 四、拼讀詞語

| yīliáo 醫療 | zhōngyī 中醫 | cǎoyào 草藥 |
|---|---|---|
| ěrbíhóukē 耳鼻喉科 | wùlǐ 物理 | zhìliáoyuán 治療員 |
| fùchǎnkē 婦產科 | ménzhěnbù 門診部 | |

## 練習

### 一、拼讀

1. Nín néng péi wǒ qù yīyuàn ma？
2. "Bìngcóngkǒurù", dàjiā dōu yào zhùyì yǐnshí wèishēng.
3. Shēnghuó yào yǒu guīlǜ, zǎo shuì zǎo qǐ shēntǐ hǎo.
4. Yào chī yǒu yíngyǎng de shípǐn.
5. Xiānggǎng zhèngfǔ zhōnggào shìmín：xīyān yǒuhài jiànkāng.

### 二、句式替換

1. 這是 ｜綜合性 專科｜ 醫院／診所，有

| 全科 | 眼科 | 婦產 |
|---|---|---|
| 內科 | 外科 | 小兒科 |
| 骨科 | 牙科 | 耳鼻喉科 |

。

2. 我身體

| 很好 | | 感冒 |
| 不太好 | 有時 / 經常 | 頭疼 |
| 不好 | | 嗓子疼 |
| 還好 | | 胃疼 |

。

## 三、普通話怎麼説

1. 你可唔可以陪我睇醫生。
2. 陳醫生醫病好細心。
3. 我琴日瞓得唔好，今日好辛苦。
4. 我嘅病唔緊要，唔使做手術。
5. 我成日流鼻水，可能係感冒，而家仲發緊燒。

## 四、談談説説

1. 你生病得時候喜歡看西醫還是中醫？為什麼？
2. 從哪些方面預防疾病和保護身體健康？

## 答案

### 一、拼讀並寫出漢字

1. 您能陪我去醫院嗎？
2. "病從口入"，大家都要注意飲食衛生。
3. 生活要有規律，早睡早起身體好。
4. 要吃有營養的食品。
5. 香港政府忠告市民：吸烟危害健康。

### 三、普通話怎麼説

1. 你可以不可以陪我去看病？
2. 陳醫生（陳大夫）治病（看病）很仔細。
3. 我昨天睡得不好，今天真不好受。
4. 你的病不要緊，不用做手術。
5. 我整天流鼻涕，可能是感冒；現在還發着燒呢。

# DI-SHIER KE
## 第十二課

### TI YU HUODONG
## 體育 活動

## 詞語 🎧 1201.mp3

| tǐ yù | huódòng | xiàng qí | qiúchǎng | lánqiú | pīngpāngqiú |
|---|---|---|---|---|---|
| 體育 | 活動 | 象棋 | 球場 | 籃球 | 乒乓球 |
| bǐ sài | pǎo bù | yóuyǒng | tī qiú | zú qiú | yǔ máo qiú |
| 比賽 | 跑步 | 游泳 | 踢球 | 足球 | 羽毛球 |
| yú jiā | lù yíng | tài jí quán | dǎ qiú | wǎngqiú | bǎolíngqiú |
| 瑜伽 | 露營 | 太極拳 | 打球 | 網球 | 保齡球 |

## 句子 🎧 1202.mp3

1. 我 喜歡 春天 郊遊 ， 夏天 游泳 ， 秋天 露營 ， 冬天 跑步 。

2. 課間休息時 ， 我們 幾個同學 到 操場 去 打 籃球 。

3. 政府大球場 明天 晚上 的 門票 一早就 賣 完了 。

4. 藍隊 領先 一分 ， 球迷們 就 開始 騷亂 了 。 好在 紅隊 追上了一分 ， 打成 平局 ， 這才 沒事 。

5. 我 喜歡 打枱球 、 保齡球 和 高爾夫球 ， 就是 不會 踢 足球 。

6. 我 不能 跟 你們 去 滑冰 了 ， 因為 我 約了 朋友 上 沙田去 騎 自行車 玩兒 呢 ！

7. 秋天 的 時候 ， 我們 這些 年青人 最 愛 放風箏 了 。 你看 ！ 這個 風箏 多 好看 啊 ！ 是 我 親手 做的 。

8. 我們班在今年的田徑運動會上，總分最高，拿了冠軍。

9. 喝茶、看電視、打麻將、賭馬，是香港人最普遍的消遣。

10. 下個月有三天假期，咱們到大嶼山去露營、爬山、燒烤，好不好？

甲：昨天足球比賽，法國對巴西，你看過沒有？

乙：看了！我看起球來，比自己踢還緊張呢！

甲：我也是，看來咱倆都是足球迷！要是你現在沒事，我們一起出去活動活動好不好？

乙：是散步、跑步還是打太極拳？

甲：我想打籃球，可惜人又不夠。

乙：看你這麼高個兒，身體又這麼結實，籃球一定打得不錯。

甲：你說對了。以前我是學校籃球隊有名的中鋒。

乙：以後有機會我們一塊兒打籃球。現在既然就咱倆，不如去跑步。

甲：好！我們繞前邊的小花園跑一圈兒。

乙：啊！跑完步覺得渾身輕鬆，精神爽快。

甲：每天堅持跑步可以減肥，又能達到鍛煉身體的目的。

乙：我看你得多參加一些體育活動，對你的身體會有很大好處的。

甲：可是我的工作太忙，沒有時間參加體育活動。

乙：那你放假都在家待着嗎？

甲：我經常有應酬，在家時看看電視、聽聽音樂，有時下象棋。欸！最近我聽人家説做氣功、瑜伽對身體有好處。

乙：無論是氣功或是瑜伽，都是鍛煉身體的一種方法，都要長期堅持做下去才能見效，三天打魚，兩天曬網是沒用的。

甲：説的也是啊！

## 一、讀音分辨

🎧 1204.mp3

| qiǎn 遣 | —— | xiǎn 險 | | xū 需 | —— | suī 雖 |
|---|---|---|---|---|---|---|
| jiǎn 減 | —— | gǎn 敢 | | sài 賽 | —— | cài 菜 |
| lán 籃 | —— | nán 南 | | pǔbiàn 普遍 | —— | pǎobiàn 跑遍 |
| zuòchéng 做成 | —— | zàochéng 造成 | | yújiā 瑜伽 | —— | rújiā 儒家 |

## 二、詞語對照

| 普通話 | 廣州話 | 普通話 | 廣州話 |
|---|---|---|---|
| 打球 | 打波 | 下棋 | 捉棋 |
| 看球賽 | 睇波 | 騎自行車 | 踩單車 |
| 枱球 | 枱波、桌球 | 麻將 | 麻雀 |
| 打成平局 | 打平手 | 撲克牌 | 啤牌 |
| 救生圈 | 水泡 | 倒數第一 | 最尾、包尾 |
| 放風箏 | 放紙鳶 | 倒數第二 | 尾二 |

## 三、表達習慣

1. 普通話口語常説"渾身",也就是全身、週身的意思。
2. 普通話口語説"待dāi着",是指沒事做的意思。如"你在家待着嗎？"是"你在家沒事做嗎？"
3. "倆"讀音liǎ。是量詞"兩個"的合音。它包含了量詞"個"或其他量詞。在普通話口語使用很普遍,如我倆(我們兩個)、咱倆(咱們兩個)、姐兒倆(姐妹兩個)。
4. "棒":(指身體、學習、運動、做事等等)最好的意思,普通話口語常説"棒"來讚揚人家。如"棒極了","你的字寫得真棒"。

## 一、y、w

凡是 i、u、ü 和以 i、u、ü 開頭的韻母自成音節(前面沒有聲母)時,用於分隔音節界線。如(注意)zhuyi,如果不用 y 來分開兩個音節就成了 zhui(追)。

　　y 的發音和 i(衣)音,名稱音讀 ya"鴨"。

　　w 的發音和 u(屋)音,名稱音讀 wa"蛙"。

## 二、韻母總複習及 y、w 的使用

 1205.mp3

| a、o、e 開頭的韻母 | i 行韻母 | | u 行韻母 | | ü 行韻母 | |
|---|---|---|---|---|---|---|
| | 前拼聲母 | 自成音節 | 前拼聲母 | 自成音節 | 前拼聲母 | 自成音節 |
| 單 韻 母 | i | yi(衣) | u | wu(屋) | ü(u) | yu(淤) |
| a | ia | ya(鴨) | ua | wa(蛙) | | |
| o | | | uo | wo(窩) | | |
| e(ê) | ie | ye(耶) | | | üe(ue) | yue(約) |
| 複 韻 母 | ai | | | uai | wai(歪) | | |
| ei | | | ui | wei(威) | | |
| ao | iao | yao(腰) | | | | |
| ou | iu | you(優) | | | | |
| 鼻 韻 母 | an | ian | yan(煙) | uan | wan(灣) | üan(uan) | yuan(冤) |
| en | in | yin(因) | un | wen(溫) | ün(un) | yun(暈) |
| ang | iang | yang(央) | uang | wang(汪) | | |
| eng | ing | ying(英) | | weng | weng(翁) | | |
| ong | iong | yong(擁) | | | | |

　　i 行韻母,i 和 in、ing 前面加 y,其他將 i 寫 y。

　　u 行韻母,u 前面加 w,其他將 u 改寫 w。

　　ü 行韻母,全部字前面加 y 並省略 ü 上面兩點。

### 三、拼讀練習

| | | | |
|---|---|---|---|
| yùndòng 運動 | hànyǔ 漢語 | yùnmǔ 韻母 | wèiwèn 慰問 |
| wǔwàn 五萬 | yuèyè 月夜 | hùwài 戶外 | yǒuyì 友誼 |

## 練習

### 一、拼寫下列帶黑點的詞語（注意 y、w 的使用）

網球　跳舞　跳遠　電影　音樂　游泳　體育

### 二、説説看

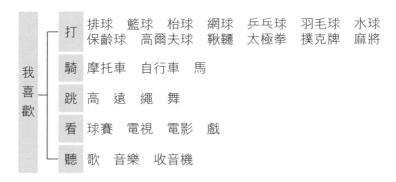

### 三、拼讀

1. Wǒ huì qí zìxíngchē , búhuì qí mǎ.
2. Zhè cì lánqiú sài shì nǎ yíduì yíng le?
3. Xiǎoháirmen xǐhuan fàng fēngzheng hé dǎ qiūqiān.
4. Táiwān 、Měiguó 、Rìběn hěn liúxíng dǎ bàngqiú.

### 四、談談説説

1. 你經常參加一些什麼體育活動？
2. 談談你看過打一次球賽的情況。

# 答案

## 一、拼寫下列帶黑點的詞語

網 wǎng　　　　舞 wǔ　　　　遠 yuǎn　　　　影 yǐng

音樂 yīnyuè　　　游泳 yóuyǒng　　育 yù

## 三、拼讀並寫出漢字

1. 我會騎自行車，不會騎馬。
2. 這次籃球賽是哪一隊贏了？
3. 小孩兒們喜歡放風箏和打鞦韆。
4. 台灣、美國、日本很流行打棒球。

# 第十三課

## QING KE CHIFAN
# 請客 吃飯

---

### 詞 語　🎧 1301.mp3

| xián | dàn | xiān | xiāng | tián | là | kǔ |
|------|-----|------|-------|------|-----|-----|
| 鹹 | 淡 | 鮮 | 香 | 甜 | 辣 | 苦 |

| xīng | shān | qǐngkè | chīfàn | láibīn | jiǔxí | jiǔlóu |
|------|------|--------|--------|--------|-------|--------|
| 腥 | 膻 | 請客 | 吃飯 | 來賓 | 酒席 | 酒樓 |

| jiǔdiàn | chúshī | gānbēi | pīnpánr | hǎishēn | kǎoyā | yúchì |
|---------|--------|--------|---------|---------|-------|-------|
| 酒店 | 廚師 | 乾杯 | 拼盤兒 | 海參 | 烤鴨 | 魚翅 |

shuànyángròu
涮羊肉

---

### 句 子　🎧 1302.mp3

1. Qǐng wèn　nǐmen shénme shíhou qǐngkè　Yào dìng duōshao qián yì zhuō de
請 問 ，你們 什麼 時候 請客？要 訂 多少 錢 一 桌 的
jiǔxí
酒席？

2. Càidān shang yǒu hǎishēn　bàoyú　yúchì　hǎixiān zhī lèide cài　dōushì
菜單 上 有 海參 、 鮑魚 、 魚翅 、 海鮮 之 類的 菜 ， 都是
nǐ ài chīde
你 愛 吃的 。

3. Běifāng cài wèidao nóng　jiào xián　nánfāng cài qīngdàn　xiāntián　Sìchuān
北方 菜 味道 濃 ， 較 鹹 ； 南方 菜 清淡 ， 鮮甜 。 四川
cài dōushì dài là wèir de
菜 都是 帶 辣 味兒 的 。

4. Xīngqīrì wǒ qǐng nín hē chá　zǎoshang bā diǎn zài　Guójì　sān lóu　Guì
星期日 我 請 您 喝茶 ， 早上 八 點 在 "國際" 三 樓 "貴
bīntīng　hǎo ma
賓廳" ， 好 嗎？

5. Xiè xiānsheng zài jiā qǐngkè　chúshī zhǔnbèille páyā　lóngxiā　dōushì jiāxiāngcài
謝 先 生 在 家 請客 ，廚師 準備了 扒鴨 、 龍蝦 ，都是 家鄉菜。

6. 明天老闆在麗麗酒店 請客 ，訂了三桌。 周 先 生 是
陪客，你要早點兒到， 好好兒 招待客人啊 ！

7. 這 家 飯館兒的肉絲麵條兒和鮮蝦餛飩挺 好 吃的。

8. 我帶你到尖沙咀一個酒店去吃自助餐，菜式多， 甜
品 最 好 吃。

9. 明天 晚上 ，咱們一塊兒上 香港大酒樓去喝 玲玲的
喜酒。

10. 來 ，大家舉杯 ，為各位來賓的健康 ，乾杯！

---

**課文**

🎧 1303.mp3

甲： 你看看菜單 ，喜歡 吃 什麼菜 ？

乙： 我不挑吃揀喝的 ，什麼都吃。客由主便 ，由您
點 菜吧 ！

丙： 我們這兒有烤鴨，還有各 種 炒菜。

甲： 吃 涮羊肉也不錯 ，有 羊肉片兒、 青菜、 豆腐、 粉
絲，你喜歡吃嗎 ？

乙： 對不起 ，我怕羊肉那股膻味兒。

甲： 那要一隻烤鴨和鴨架湯 ，再來一個什錦拼盤兒。

丙： 我們這兒做魚最拿手了 ，叫一個鐵板鮒魚 嚐 嚐
好不好 ？

甲： 好的。再要一個 炒蝦仁兒和賽螃蟹。

丙： 要 鍋貼兒還是 炒拉麵 ？要不要甜食 ？

甲：要 一 碗 米飯 。 鍋貼兒 、 炒拉麵 ， 每 樣 要 一 盤 。
甜 食 就 要 拔絲 蘋果 吧 ！

丙：喝 什麼 酒 呢 ？

乙：我 不會 喝酒 ， 給 我 一 杯 橙 汁 好 了 。

甲：我 要 一 瓶 啤酒 。

乙：這麼 快 ， 菜 都 來 了 。

甲：不 要 客氣 ， 趁 熱 嚐 嚐 ！ 這 隻 烤鴨 皮 脆 肉 嫩 ， 一
點兒 也 不 油膩 。

乙：很 好吃 。 啊 ， 魚 來了 ！

甲：這 魚 的 味道 怎麼 樣 ？ 鰣魚 的 魚刺 多了 一點兒 。

乙：嗯 ！ 又 鮮 又 香 ， 一點兒 也 不腥 。 我是 第 一 次 吃 京
菜 ， 真 不錯 ！

甲：換 換 口味兒 會 感覺 很 開胃 的 。 秋天 到 了 ， 大閘蟹 已
經 上市 了 ， 你 愛吃 嗎 ？

乙：愛吃 ！ 中秋節 過 後 是 吃 大閘蟹 的 季節 ， 下次 由 我 做
東 請 您 吃 好 不好 ？

甲：好 ， 先 謝謝 你 ！

丙：二 位 ， 還 要 添 菜 嗎 ？

乙：這麼 多 菜 我們 吃不了 啦 ！ 不 要 添 菜 了 。

甲：您 吃 好 了 嗎 ？

乙：我 吃 得 很 飽 。 謝謝 您 ， 叫 您 破費 了 。

甲：說 哪兒 的 話 ！

第十三課　請客吃飯

109

## 一、讀音分辨

🎧 1304.mp3

| zhǔrén<br>主人 | —— | jǔrén<br>舉人 |
| bīnzhǔ<br>賓主 | —— | bēnzǒu<br>奔走 |

| shàngshì<br>上市 | —— | shàng sī<br>上司 |
| xiā<br>蝦 | —— | hā<br>哈 |

| bái jiǔ<br>白酒 | —— | báizǒu<br>白走 |
| xiān wèir<br>鮮味兒 | —— | xiāng wèir<br>香味兒 |

| xīnde<br>新的 | —— | xīngde<br>腥的 |
| yúchì<br>魚翅 | —— | yú cì<br>魚刺 |

## 二、詞語對照

| 普通話 | 廣州話 | 普通話 | 廣州話 |
| --- | --- | --- | --- |
| 吃東西 | 食嘢 | 菜單 | 菜牌 |
| 挺好吃 | 幾好食 | 餛飩 | 雲吞 |
| 魚刺 | 魚骨 | 一瓶 | 一樽 |
| 夜宵兒 | 消夜 | 一桌 | 一圍 |
| 乾杯 | 飲勝 | 大蝦塊 | 蝦碌 |
| 賞臉 | 賞面 | 米飯 | 白飯 |

## 三、表達習慣

1. 廣州話說"飲",普通話多說"喝"。如喝水、喝酒、喝湯等。
2. 廣東人說的"麵"是指麵條兒。北方人說的"麵"有時是指麵條兒,有時指麵粉。
3. 普通話形容魚、肉、菜的各種味道是:腥 xīng——指魚、蝦、蛋之類的味道。餿 sōu——指剩菜、剩飯變壞的味道。臊 sāo——指尿或與尿有關的,如豬腰、牛腰有的特別味道。膻 shān——專指羊肉的氣味。

變調（一）

變調是由於説話時音節相連，聲調相互影響而發生的變化叫做變調。
在普通話裏，最突出的是上音的變調和"一"、"不"兩字的變調。

上聲的變調

**一、兩個上聲（三聲）相連，前一個變讀陽平（二聲），叫做"直上"。**

如：

| 你 好 | → | 你 好 |
|---|---|---|
| 理 想 | → | 理 想 |
| 表 演 | → | 表 演 |
| 港 口 | → | 港 口 |
| 永 遠 | → | 永 遠 |

**二、三個上聲（三聲）相連，前兩個變第二聲。**

如：

| 展 覽 館 | → | 展 覽 館 |
|---|---|---|

如果後兩個字是一個詞時，第一個字讀半上聲，第二個字變讀成
第二聲。

如：

| 馬 老 闆 | → | 馬 老 闆 |
|---|---|---|

**三、多個上聲相連時，按語意讀停頓分詞組進行變讀。**

如：

| 我 想 | 買 | 手 錶。 |
|---|---|---|
| 我 買 | 兩 把 | 雨 傘。 |

四、上聲在非上聲字（一、二、四聲和輕聲）前變讀半上聲，只讀降
　　調部份叫做"半上聲"。

如：

| 一聲字前 | 二聲字前 | 四聲字前 | 輕聲字前 |
|---|---|---|---|
| ˇ　ˉ<br>北　京 | ˇ　ˊ<br>主　席 | ˇ　ˋ<br>比　賽 | ˇ　·<br>姐　姐 |
| ˇ　ˉ<br>廣　州 | ˇ　ˊ<br>祖　國 | ˇ　ˋ<br>考　試 | ˇ　·<br>好　了 |
| ˇ　ˉ<br>老　師 | ˇ　ˊ<br>語　言 | ˇ　ˋ<br>土　地 | ˇ　·<br>走　了 |
| ˇ　ˉ<br>首　都 | ˇ　ˊ<br>打　球 | ˇ　ˋ<br>美　麗 | ˇ　·<br>夥　計 |
| ˇ　ˉ<br>火　車 | ˇ　ˊ<br>感　情 | ˇ　ˋ<br>請　客 | ˇ　·<br>我　們 |

## 練習

### 一、標出實際變調

（　）（　）　　（　）（　）　　（　）（　）　　（　）（　）　　（　）（　）
　很　好　　　鐵　板　　　五　百　　　喜　酒　　　普　洱
（　）（　）（　）（　）（　）
　我　想　買　水　果

### 二、句式替換

我喜歡喝　{ lóngjǐng / xiāngpiàn / shuǐxiān / pǔ'ěr / tiěguānyīn }　茶，你喝　{ qìshuǐr / chéngzhī / júzishuǐ / píjiǔ / báilándì }　嗎？

## 三、拼讀

1. Wǒ jīngcháng dào cāntīng chī xīcān.
2. Zánmen qù chī Yìdàlì báobǐng hǎo ma?
3. Wǒ xiànzài bú'è , bùxiǎng chī hànbǎobāo.
4. Shíjiān hái zǎo ne ! Hái shì huí jiā chī fàn ba!
5. Wǒ zuì àichī jiǎozi 、xiǎolóngbāo 、yóutiáo.

## 四、普通話怎麼説

1. 你哋飲啤酒抑或拔蘭地？
2. 要一隻填鴨、一碟蝦碌。
3. 我唔鍾意呢啲餸。
4. 呢幾味餸，幾好食又幾好味。
5. 李生，我哋飲勝。

## 五、談談説説

1. 説説呢家人吃菜的口味兒，是中菜還是西餐？
2. 你會做什麼風味兒的菜，説説看。

## 一、標出實際變調

很好　　鐵板　　五百

喜酒　　普洱　　我想買水果

## 二、句式替換

我喜歡喝龍井(香片、水仙、普洱、鐵觀音)茶，你喝汽水(橙汁、橘子水、啤酒、白蘭地)嗎？

## 三、拼讀

1. 我經常到餐聽吃西餐。
2. 咱們去吃意大利薄餅好嗎？
3. 我現在不餓，不想吃漢堡包。
4. 時間還早呢！還是回家吃飯吧！
5. 我最愛吃餃子、小籠包、油條。

## 四、普通話怎麼説

1. 你們喝啤酒還是白蘭地？
2. 要一隻烤鴨、一盤蝦塊。
3. 我不喜歡吃這些菜。
4. 這幾種菜，挺好吃的，味道又不錯。
5. 李先生，我們乾杯！

# 第十四課

## TAN LÜ YOU
## 談旅遊

---

### 詞語

🎧 1401.mp3

| lǚ xíng | yóulǎn | yóu kè | lǚ guǎn | huáchuán |
|---------|--------|--------|---------|----------|
| 旅行 | 遊覽 | 遊客 | 旅館 | 划船 |

| zhèngjiàn | guāngguāng | quèdìng | jiémù | gùgōng |
|-----------|------------|---------|-------|--------|
| 證件 | 觀光 | 確定 | 節目 | 故宮 |

| fēngjǐng | cǎoyuán | fēngguāng | pù bù | jiànwén |
|----------|---------|-----------|-------|---------|
| 風景 | 草原 | 風光 | 瀑布 | 見聞 |

---

### 句子

🎧 1402.mp3

1. Běijīng shì Zhōngguó de shǒudū  yǒu zhùmíngde Tiān'ānmén guǎngchǎng  yòu
北京是中國的首都，有著名的天安門廣場；又
shì gǔchéng  yǒu Gùgōng Zǐjìnchéng  háishì wénhuà chéng  yǒu chūmíngde
是古城，有故宮紫禁城；還是文化城，有出名的
Qīnghuádàxué hé Běijīngdàxué
清華大學和北京大學。

2. Zánmen shàng Yíhéyuán de Kūnmínghú qù huáchuán hǎo-buhǎo
咱們上頤和園的昆明湖去划船好不好？

3. Hángzhōu de fēngjǐng míngshèng hěn duō  zhèi cì lái yóulǎn de shíjiān tài duǎn
杭州的風景名勝很多，這次來遊覽的時間太短
le  zhǐnéng zǒumǎkànhuā de kànkan
了，只能走馬看花地看看。

4. Wǒ xiǎng qù Nèiměnggǔ  kànkan dàcǎoyuán de fēngguāng  zhù měnggǔbāo
我想去內蒙古，看看大草原的風光，住蒙古包，
hē mǎnǎi  chī kǎoyáng  duō yǒu yì si
喝馬奶、吃烤羊，多有意思！

5. Dōngtiān qù Hā'ěrbīn cānguān shìjiè shang shǎo yǒu de  dà xíng bīng xuě jié
冬天去哈爾濱參觀世界上少有的、大型冰雪節。
guānshǎng bīngdiāo xuě sù  cānjiā huáxuě  liū bīng děng bīngshàng lè yuán
觀賞冰雕雪塑，參加滑雪、溜冰等冰上樂園
huódòng
活動。

6. 這是您的 證件和 兩千 塊 錢 的 訂金 ， 等 手續 辦好
了，我們會 通知您的。

7. 台灣是個寶島，有不少 遊覽 勝地。日月潭、阿里山
風景 真美啊。

8. 我們在 東京 遊覽了 鐵塔和 迪士尼樂園 ，參觀了 科學
館，最後一天還買了很多禮物。

9. 到了 羅馬 正 趕上 商店大減價 ，不少 女團友 寧可
放棄觀光的節目，也去買東西。

10. 日內瓦是 聞名 於世的國際會議之都，也是觀光的 勝
地，有很多家庭旅館供遊客住，又乾淨又便宜。

---

**課文**　　　　　　　　　🎧 1403.mp3

甲：聽說你剛去過歐洲，能不能談談你的旅遊見
聞啊？

乙：好啊！先說說意大利的威尼斯吧，這是個水上
城 ，有一百多個小島，四百多座橋樑，家家戶戶
門前都是水，大街小巷 全是水道。人們出門兒就
得坐汽艇。

甲：聽 說有的歐洲國家治安不太好，是嗎？

乙：是的，有的地方小偷兒騎着摩托車 搶 錢包兒！

甲：Qù nàr lǚxíng yào tèbié jiā xiǎoxīn cái xíng
去那兒旅行要特別加小心才行。

乙：kě-bushì ma Zài shuō wǒ dào Ruìdiǎn shí zhèng gǎnshang xià dàxuě
可不是嘛！再說我到瑞典時，正趕上下大雪，
hěn duō rén zài bīngtiān-xuědì li huáxuě Tāmen huá guò dǒuxiéde shān
很多人在冰天雪地裏滑雪。他們滑過陡斜的山
pō qīng kuài rú fēi hǎo kàn jí le
坡，輕快如飛，好看極了！

甲：Nǎr zuì hǎo wánr ne
哪兒最好玩兒呢？

乙：Hěn nán shuō měi ge dìfang dōu yǒu bùtóng de tèsè Gè yǒu qiānqiū
很難說，每個地方都有不同的特色。各有千秋
ma Shuōle zhème dà bàntiān nǐ shì-bushì xiǎng lìyòng jiàqī qù Ōu
嘛！說了這麼大半天，你是不是想利用假期去歐
zhōu lǚxíng
洲旅行？

甲：Wǒ yuán xiān shi zhème xiǎng de kěshì tàitai xiǎng qù nèidì
我原先是這麼想的，可是太太想去內地。

乙：Hǎo a Zhōngguó dì dà wùbó fēngjǐng míngshèng hěnduō Yào wǒ
好啊！中國地大物博，風景名勝很多。要我
shuō nǐmen xiān qù běijīng nà li de Gùgōng Yíhéyuán Tiāntán
說，你們先去北京，那裏的故宮、頤和園、天壇，
hěn zhídé yìyóu Háiyǒu nǐmen yídìng yào qù kànkan gēn Āijí Jīnzì
很值得一遊。還有，你們一定要去看看跟埃及金字
tǎ yíyàng wénmíng shìjiè de Wànlǐ chángchéng
塔一樣聞名世界的萬里長城！

甲：Jiāngnán zěnme yàng ne
江南怎麼樣呢？

乙：Jiāngnán shì yú mǐ zhī xiāng Hángzhōu Sūzhōu shì fēi qù bùkě de
江南是魚米之鄉，杭州、蘇州是非去不可的，
"shàngyǒu tiāntáng xiàyǒu Sū-Háng" ma Hángzhōu zhèige chéngshì
"上有天堂，下有蘇杭"嘛！杭州這個城市
xiàng ge dà huāyuán Chūmíngde Xīhú fēngguāng xiùlì mírén jiǎnzhí
像個大花園。出名的西湖，風光秀麗迷人，簡直
xiàng shì rénjiān xiānjìng yìbān Dāngdì tèchǎn lóngjǐng chá qī chūlai de
像是人間仙境一般。當地特產龍井茶，沏出來的
cháshuǐ tèbié qīng tián hǎo hē
茶水特別清甜好喝。

甲：Guìlín fēngjǐng yídìng yě hěn hǎo kàn ba
桂林風景一定也很好看吧？

乙：當然了，"桂林山水甲天下"。桂林的山峰奇
異，風景怡人。坐船在灕江上蕩漾，像是在
畫兒裏一樣，簡直美極了！我都捨不得走！

甲：聽你說的這麼多的好地方，我就決定陪太太先
上北京後下江南，再去桂林啦！

乙：預祝你們旅途愉快！

甲：謝謝！

## 一、讀音分辨

🎧 1404.mp3

| | | | |
|---|---|---|---|
| hú 湖 — wú 吳 | | hù 戶 — wū 污 | |
| ruì 瑞 — suì 歲 | | dǎo 島 — dǔ 堵 | |
| xīnwén 新聞 — xīnmén 新門 | | ōu zhōu 歐洲 — ào zhōu 澳洲 | |
| ránhòu 然後 — yánhòu 延後 | | | |

## 二、詞語對照

| 普通話 | 廣州話 | 普通話 | 廣州話 |
|---|---|---|---|
| 沏茶 | 沖茶 | 錢包兒 | 銀包、荷包 |
| 小船 | 艇仔 | 這座橋 | 呢條橋 |
| 划艇 | 扒艇 | 膠卷兒 | 菲林 |
| 偷錢兒 | 打荷包 | 洗相片兒 | 曬相 |

## 三、表達習慣

1. 廣州話説"影"，普通話説"照"。例如"影相"、"影相機"，普通話説"照相"、"照相機"，又如"影得靚唔靚"，普通話説"照得好不好啊！"。照相得時候要"擺個姿勢"，就是廣東話"擺甫士"。

2. 廣州話"遊埠"，普通話説到各地、各國"旅行"或"旅遊"。

## 變調（二）

### "一"和"不"的變調

"一"和"不"的變調是根據後面字的聲調決定其變化，都是口頭上的自然變化。為初學者讀音方便，標調符號也隨之改變。

### 一、"一"、"不"字第四聲前，讀第二聲

| 一<br>不 ˊ | 一去　不去 |
|---|---|
| | 一寸　不問 |
| | 一份　不要 |
| | 一定　不必 |
| | 一切　不過 |

### 二、"一"、"不"字第一、二、三聲前，讀第四聲（"不"是本調）

| 一<br>不 ˋ | 第一聲前 | | 第二聲前 | | 第三聲前 | |
|---|---|---|---|---|---|---|
| | 一說 | 不說 | 一成 | 不成 | 一早 | 不早 |
| | 一包 | 不包 | 一來 | 不來 | 一晚 | 不晚 |
| | 一分 | 不分 | 一直 | 不直 | 一想 | 不想 |

### 三、"一"夾在重疊動詞中間，讀輕聲

| 聽一聽 | 看一看 | 說一說 | 擦一擦 |
|---|---|---|---|
| 唸一唸 | 談一談 | 數一數 | 走一走 |

## 四、"一"單唸，在詞、句末尾或表示序數時讀原調第一聲

| | | | |
|---|---|---|---|
| 一、二、三 | 第一 | 統一 | 星期一 |
| 一百零一 | 一九八一 | 唯一 | 萬一 |
| 始終如一 | 全班第一 | | |

## 五、"一"夾在詞語中，讀輕聲

| | | | | |
|---|---|---|---|---|
| 好不好 | 差不多 | 說不好 | 是不是 | 看不慣 |
| 走不走 | 去不去 | 管不管 | 問不問 | 懂不懂 |

## 六、綜合練習

| | | | | |
|---|---|---|---|---|
| 一分一毫 | 一去不回 | 一高一低 | 一日不見 | 一上一下 |
| 一成不變 | 一胖一瘦 | 一絲不苟 | 一老一少 | 不快不慢 |
| 一心一意 | 不上不下 | 一生一世 | 不見不散 | 一大一小 |
| 不聞不問 | 一袋一斤 | 不早不晚 | | |

## 練習

### 一、標出下列詞語中 "一"、"不" 的變調

1. 一個　一天　一時　一百　一定　一樣　一片
2. 不少　不是　不會　不好　不就夠了嗎？

## 二、讀讀看

1. 童謠唱道：
   "四川峨眉山。離天三尺三。"
   "杭州六和塔，離天一尺八。"
   "武昌黃鶴樓，鑽進九天五尺六。"
   你說，它們誰最高？

2. 拼讀
   ① Zhōngguó wǔ dà míngshān．Huángshān 、Lúshān 、
   Tàishān 、Éméishān 、Huàshān，nǐ qùguo ma？
   ② Wǒ yóulì guo de jiāng 、hé 、hú 、hǎi yǒu Huánghé 、
   Chángjiāng 、Dòngtínghú 、Bóhǎi，háiyǒu wàiguó de
   Níluóhé 、Tàiwùshìhé．

## 三、談談說說

1. 你到過哪些國家旅遊？談談那裏的風光和風土人情。
2. 說說旅遊的經驗和趣事。

## 答案

### 一、標出下列詞語中"一"、"不"的變調

1. 一個　一天　一時　一百　一定　一樣　一片
2. 不少　不是　不會　不好　不就夠了嗎？

### 二、讀讀看

2. 拼讀並寫出漢字。
   ① 中國五大名山：黃山、廬山、泰山、峨嵋山、華山，你去過嗎？
   ② 我遊歷過的江、河、湖、海有黃河、長江、洞庭湖、渤海，還
   有外國的尼羅河、泰晤士河。

# 第十五課

GUO NIAN

# 過年

## 詞語 🎧 1501.mp3

| chūnjié | guònián | chuántǒng | jiérì | rúyì |
|---|---|---|---|---|
| 春節 | 過年 | 傳統 | 節日 | 如意 |
| tuánjù | bàinián | shuāngxīn | niánzhōngjiǎngjīn | huànfā |
| 團聚 | 拜年 | 雙薪 | 年終獎金 | 煥發 |
| yānhuā | fàcài | niángāo | dàsǎochú | guànghuāshì |
| 烟花 | 髮菜 | 年糕 | 大掃除 | 逛花市 |

## 句子  1502.mp3

Chūnjié shì Zhōngguórén de chuántǒng jiérì    jiājiā hùhù dōu xìnggāocǎiliè de
1. 春節 是 中國人 的 傳統 節日 ，家家 戶戶 都 興高采烈 地
yíngjiē tā de láilín
迎接 它的 來臨 。

Guònián shí    wǒ zǒngshì yào qīnshǒu zhēng niángāo   Niángāo    niángāo
2. 過年 時 ，我 總是 要 親手 蒸 年糕 。年糕 ，年糕 ，
niánnián gāoshēng ma
年年 高陞 嘛 !

Zài guònián shí    wǒ yǒu shuāngxīn    niánzhōngjiǎngjīn    suǒyi huāqián zuì
3. 在 過年 時 ，我 有 雙薪 、年終 獎金 ，所以 花錢 最
dàshǒu le
大手 了 。

Qùnián wǒ yíge rén zài hǎiwài guònián    jīnnián kěyi zài Xiānggǎng gēn jiāli
4. 去年 我 一個 人 在 海外 過年 ，今年 可以 在 香港 跟 家裏
rén yíkuàir guò ge tuányuánnián
人 一塊兒 過 個 團圓年 。

Wǒde xīnnián yuànwàng shì xīwàng shēntǐ jiànkāng    shìshì rúyì
5. 我的 新年 願望 是 希望 身體 健康 ，事事 如意 。

Měi nián guònián de shíhou    wǒmen dōu mǎi hóng táohuā hé sìjìjú    pànwàng
6. 每 年 過年 的 時候 ，我們 都 買 紅 桃花 和 四季橘 ，盼望
xīnde yìnián dàjí dàlì
新的 一年 大吉 大利 。

7. 我最愛嗑瓜子兒了，客人來了，我們一邊嗑瓜子兒，一邊聊天兒。

8. 春節時，一般市民都放假，但是警察、消防員，以及在醫院、酒店和車、船上工作的人員還要值班，日夜不停地為市民服務。

9. 祝願大哥的工廠開工大吉、貨如輪轉。

10. 我寫的對聯是：「天增歲月人增壽，春滿乾坤福滿門」，橫額是「迎春接福」。

🎧 1503.mp3

## 課文

農曆新年是中國的傳統節日，中國人都十分重視過「新年」。出門在外的人，一般都要在年三十兒趕回來和家人團聚，吃團圓飯，共渡新春佳節。家家戶戶辦年貨，買魚、買肉、買糖果。南方人還要買些帶有好兆頭的菜，生菜、髮菜諧音就是生財，發財。北方人一定要包餃子，因為餃子像元寶，包得越多越好。

香港的春節也過得十分熱鬧。和廣東省一樣，有逛年宵花市的傳統習俗。年三十兒晚上吃過團圓飯，男女、老、幼就都歡歡喜喜地去逛花市。在擠來擠去的人潮中，人們忘掉以往的煩惱，看到的都是輕鬆愉快的笑臉。當你買到一束自己喜歡的鮮花嘻笑而歸時，心裏陶然憧憬着未來一年的好運。

年三十兒晚，父母一定要給子女壓歲錢，願子女歲歲平安，健康成長。年初一開始拜年，年青人和孩子們最高興的是收到很多紅包。年初二，全港市民共觀賞煙花賀新歲。

經過幾天熱鬧、愉快的節日假以後，人們又精神煥發，以生龍活虎的姿態，投入了新一年的工作。

## 一、讀音分辨

🎧 1504.mp3

| zhēng niángāo | jiān niángāo |
|---|---|
| 蒸 年糕 —— | 煎 年糕 |

| xiān huā | xiān fā |
|---|---|
| 鮮花 —— | 先發 |

| xīn shǎng | xīn xiǎng |
|---|---|
| 欣賞 —— | 心想 |

| jí xiáng | gé qiáng |
|---|---|
| 吉祥 —— | 隔牆 |

| shuāng liáng | shāng liang |
|---|---|
| 雙糧 —— | 商量 |

| hóng tú | hóng táo |
|---|---|
| 鴻圖 —— | 紅桃 |

| guān shǎng | guān xiǎng |
|---|---|
| 觀賞 —— | 關餉 |

| wáng hǔ | wáng fǔ |
|---|---|
| 王虎 —— | 王府 |

## 二、詞語對照

| 普通話 | 廣州話 |
|---|---|
| 大手 | 大手筆 |
| 嗑瓜子兒 | 剝瓜子 |
| 聊天兒 | 傾偈 |
| 葵花瓜子 | 摩登瓜子 |
| 擠來擠去 | 逼嚟逼去 |
| 紅包 | 利是 |
| 好兆頭 | 好意頭 |

## 三、表達習慣

1. 廣東話説"派利是",普通話説"給紅包"。"派"字在廣東話裏用的地方很多。如"派利是"、"派信"、"派講義",而在普通話裏分別應該説:給——"給利是",送——"送信",發——"發講義"。
2. 廣州話説"出糧",普通話應該説"發新水",或"發工資"。"雙糧"應該説"雙薪"。

3. 廣州話"當更"、"換更"、"交更"、"輪更";普通話説"值班"、"換班"(倒班)、"交班"、"輪班"。

4. "煙花":北方人叫"煙火"或"焰花",在節日慶典時燃放的也叫"禮花"。

## 練習

### 一、標上聲調,大家説説吉祥話

| | | |
|---|---|---|
| 恭喜發財 | 新年進步 | 財源廣進 |
| 龍馬精神 | 生意興隆 | 老少平安 |
| 五福臨門 | 心想事成 | 吉祥如意 |

### 二、拼讀

1. Yǐqián zài Běijīng guòniánshí , wǒ zuì xǐhuan fàng biānpào le .
2. Guònián fàngjià wǒ yuēle jǐ wèi péngyou dǎ májiàng .
3. Měi nián wǒ dōu yào shàng qīnqi péngyou jiā qù bàinián .
4. Chènzhe chūnjié fàngjià wǒ xiǎng qù wàidì lǚxíng .
5. Yī nián zhī jì zài yú chūn , Yí rì zhī jì zài yú chén .

### 三、普通話怎麼説

1. 今年你逗咗幾多利是?
2. 過年放咁多日假,你諗住去邊度遊埠?
3. 舊年我響北京過年,過嗟落雪,出邊啲雪景好靚呀!
4. 年初一我哋屋企認真熱鬧咯。二叔、二嬸呀,姨媽、姑姐呀,重有大伯娘嘅新抱呀,姨甥女呀,都嚟齊嘞。
5. 我都幾鍾意過年,有雙糧又有咁多假期,過咗年我哋公司又要加人工喇!

## 四、談談説説

1. 你是怎樣過年的？每年過年都有什麼趣事？
2. 隨便談談你對新一年的展望。

## 答案

### 一、標上聲調，大家説説吉祥話

| 恭喜發財 | 新年進步 | 財源廣進 |
|---|---|---|
| 龍馬精神 | 生意興隆 | 老少平安 |
| 五福臨門 | 心想事成 | 吉祥如意 |

### 二、拼讀並寫出漢字

1. 以前在北京過年時，我最喜歡放鞭炮了。
2. 過年放假我約了幾位朋友打麻將。
3. 每年我都要上親戚朋友家去拜年。
4. 趁着春節放假我想去外地旅行。
5. 一年之計在於春，一日之計在於晨。

### 三、普通話怎麼説

1. 今年你收了多少紅包？
2. 過年放這麼多天假，你想去哪兒旅行？
3. 去年我在北京過年，正趕上下雪，外邊的雪景好看極了！
4. 年初一我們家可真熱鬧啦，二叔、二嬸兒啊，姨、姑姑啊，還有大媽(大伯母)的兒媳婦啊，外甥女啊，都來齊啦！
5. 我挺喜歡過年的，有雙薪又有這麼多天假，過了年我們公司又要加薪啦！

ZAO FA BAI DI CHENG

# 早 發 白 帝 城

Lǐ Bái

李 白

Zhāo cí Bái dì cǎi yún jiān

朝 辭 白 帝 彩 雲 間 ，

Qiān lǐ Jiānglíng yí rì huán

千 里 江 陵 一 日 還 。

Liǎng'àn yuán shēng tí bú zhù

兩 岸 猿 聲 啼 不 住 ，

Qīngzhōu yǐ guò wànchóng shān

輕 舟 已 過 萬 重 山 。

CHU SAI

# 出塞

Wáng ChāngLíng
王　昌　齡

Qín shí míngyuè Hàn shí guān
秦 時 明 月 漢 時 關 ，

Wàn lǐ chángzhēng rén wèi huán
萬 里 長 征 人 未 還 。

Dàn shǐ lóngchéng fēijiāng zài
但 使 龍 城 飛 將 在 ，

Bú jiào hú mǎ dù Yīnshān
不 教 胡 馬 度 陰 山 。

# HUANG HE LOU SONG MENG HAORAN
# 黃鶴樓送孟浩然
## ZHI GUANGLING
## 之廣陵

LǏ Bái
李白

Gùrén xī cí Huáng hè lóu
故人西辭黃鶴樓，

Yānhuā Sānyuè xià Yángzhōu
煙花三月下揚州。

Gū fān Yuǎnyǐng Bì kōng jìn
孤帆遠影碧空盡，

Wéi jiàn Chángjiāng tiān jì liú
唯見長江天際流。

# WANG LU SHAN PU BU
# 望 廬山 瀑布

Lǐ Bái
李白

Rì zhào xiāng lú shēng zǐ yān
日照 香爐 生 紫煙 ，

Yáo kàn pù bù guà qiánchuān
遙看 瀑布 掛 前川 。

Fēi liú zhí xià sānqiān chǐ
飛流 直下 三千 尺 ，

Yí shì yín hé luò jiǔ tiān
疑是 銀河 落 九天 。

# 清明

Dù Mù

## 杜 牧

Qīngmíng shí jié yǔ fēnfēn
清 明 時 節 雨 紛 紛 ，

Lù shàng xíngrén yù duàn hún
路 上 行 人 欲 斷 魂 。

Jiè wèn jiǔ jiā hé chù yǒu
借 問 酒 家 何 處 有 ？

Mù tóng yáo zhǐ Xìnghuācūn
牧 童 遙 指 杏 花 村 。

古詩五首

**133**

## 有關詞語

zhí xiá shì　　shěng　　　shì　　　xiàn
直轄市　省　　市　　　縣

zì zhì qū　　dì qū　　tè qū
自治區　地區　特區

## 直轄市：

Běijīng Shì　Jīng　　Tiānjīn Shì　Jīn
北京市（京）、天津市（津）、

Shànghǎi Shì　Hù　　Chóngqìng Shì　Yú
上海市（滬）、重慶市（渝）。

## 省、自治區及其所屬縣市：

Héběi Shěng　Jì　　Shíjiāzhuāng　Bǎodìng　Chéngdé　Qínhuángdǎo
河北省（冀）：石家莊、保定、承德、秦皇島。

Shānxī Shěng　Jìn　　Tàiyuán　Dàtóng　Yángquán
山西省（晉）：太原、大同、陽泉。

Nèiměnggǔ Zìzhìqū　Měng　　Hūhéhàotè　Bāotóu
內蒙古自治區（蒙）：呼和浩特、包頭。

Liáoníng Shěng　Liáo　　Shěnyáng　Dàlián　Fǔshùn
遼寧省（遼）：瀋陽、大連、撫順。

Jílín Shěng　Jí　　Jílín　Chángchūn　sìpíng
吉林省（吉）：吉林、長春、四平。

Hēilóngjiāng Shěng　Hēi　　Hā'ěrbīn　Qíqíhā'ěr　Mǔdānjiāng
黑龍江省（黑）：哈爾濱、齊齊哈爾、牡丹江。

Jiāngsū Shěng　Sū　　Nánjīng　Sūzhōu　wúxī　Chángzhōu
江蘇省（蘇）：南京、蘇州、無錫、常州。

Zhèjiāng Shěng　Zhè　　Hángzhōu　Níngbō　Wēnzhōu　Jīnhuá
浙江省（浙）：杭州、寧波、溫州、金華。

Ānhuī Shěng　Wǎn　　Héféi　Wúhú　Huángshān
安徽省（皖）：合肥、蕪湖、黃山。

---

（註）為了便利讀者學習，中國地名中有關少數民族語地名，未按"少數民族地名漢語拼音字母音譯轉寫法"拼寫，而按普通話讀音拼寫。

福建省（閩）：福州、廈門、漳州、泉州。

江西省（贛）：南昌、九江、景德鎮。

山東省（魯）：濟南、煙台、青島。

河南省（豫）：鄭州、洛陽、開封。

湖北省（鄂）：武漢、黃石、孝感。

湖南省（湘）：長沙、株州、衡陽、岳陽。

廣東省（粵）：廣州、韶關、肇慶、湛江。

海南省（瓊）海口、三亞。

廣西壯族自治區（桂）：南寧、柳州、桂林、梧州。

四川省（蜀）：成都、自貢。

貴州省（黔）：貴陽、遵義。

雲南省（滇）：昆明、大理。

西藏自治區（藏）：拉薩。

陝西省（陝）：西安、延安、咸陽。

甘肅省（甘）：蘭州、酒泉、嘉峪關、玉門。

青海省（青）：西寧。

寧夏回族自治區（寧）：銀川、石咀山。

新疆維吾爾自治區（新）：烏魯木齊、哈密、喀什。

台灣省（台）：台北、高雄、桃園、基隆。

一國兩制：香港特別行政區、澳門特別行政區。

以下表中，原書中所有注音標示 "一" 都是垂直的

## (一)字母表

| 字母 | Aa | Bb | Cc | Dd | Ee | Ff | Gg |
|------|----|----|----|----|----|----|----|
| 名稱 | ㄚ | ㄅㄝ | ㄘㄝ | ㄉㄝ | ㄜ | ㄝㄈ | ㄍㄝ |

| | Hh | Ii | Jj | Kk | Ll | Mm | Nn |
|---|----|----|----|----|----|----|----|
| | ㄏㄚ | 一 | ㄐㄧㄝ | ㄎㄝ | ㄝㄌ | ㄝㄇ | ㄋㄝ |

| | Oo | Pp | Qq | Rr | Ss | Tt |
|---|----|----|----|----|----|----|
| | ㄛ | ㄆㄝ | ㄑㄧㄡ | ㄚㄦ | ㄝㄙ | ㄊㄝ |

| | Uu | Vv | Ww | Xx | Yy | Zz |
|---|----|----|----|----|----|----|
| | ㄨ | 万ㄝ | ㄨㄚ | ㄒ一 | 一ㄚ | ㄗㄝ |

v 只用來拼寫外來語、少數民族語言和方言。
字母的手寫體依照拉丁字母的一般書寫習慣。

## (二)聲母表

| b | p | m | f |
|---|---|---|---|
| ㄅ玻 | ㄆ坡 | ㄇ摸 | ㄈ佛 |

| d | t | n | l |
|---|---|---|---|
| ㄉ得 | ㄊ特 | ㄋ訥 | ㄌ勒 |

| g | k | h |
|---|---|---|
| ㄍ哥 | ㄎ科 | ㄏ喝 |

| j | q | x |
|---|---|---|
| ㄐ基 | ㄑ欺 | ㄒ希 |

| zh | ch | sh | r |
|----|----|----|---|
| ㄓ知 | ㄔ蚩 | ㄕ詩 | ㄖ日 |

| z | c | s |
|---|---|---|
| ㄗ資 | ㄘ雌 | ㄙ思 |

在給漢字註音的時候，為了使拼式簡短，zh ch sh 可以省作 ẑ ĉ ŝ。

## （三）韻母表

|  |  | i<br>一<br>衣 |  | u<br>ㄨ<br>烏 |  | ü<br>ㄩ<br>迂 |  |
|---|---|---|---|---|---|---|---|
| a<br>ㄚ | 啊 | ia<br>一ㄚ | 呀 | ua<br>ㄨㄚ | 蛙 |  |  |
| o<br>ㄛ | 喔 |  |  | uo<br>ㄨㄛ | 窩 |  |  |
| e<br>ㄜ | 鵝 | ie<br>一ㄝ | 耶 |  |  | üe<br>ㄩㄝ | 約 |
| ai<br>ㄞ | 哀 |  |  | uai<br>ㄨㄞ | 歪 |  |  |
| ei<br>ㄟ | 欸 |  |  | uei<br>ㄨㄟ | 威 |  |  |
| ao<br>ㄠ | 熬 | iao<br>一ㄠ | 腰 |  |  |  |  |
| ou<br>ㄡ | 歐 | iou<br>一ㄡ | 憂 |  |  |  |  |
| an<br>ㄢ | 安 | ian<br>一ㄢ | 烟 | uan<br>ㄨㄢ | 彎 | üan<br>ㄩㄢ | 冤 |
| en<br>ㄣ | 恩 | in<br>一ㄣ | 因 | uen<br>ㄨㄣ | 溫 | ün<br>ㄩㄣ | 暈 |
| ang<br>ㄤ | 昂 | iang<br>一ㄤ | 央 | uang<br>ㄨㄤ | 汪 |  |  |
| eng<br>ㄥ | 亨的韻母 | ing<br>一ㄥ | 英 | ueng<br>ㄨㄥ | 翁 |  |  |
| ong<br>（ㄨㄥ） | 轟的韻母 | iong<br>ㄩㄥ | 雍 |  |  |  |  |

(1)"知、蚩、詩、日、資、雌、思"等七個音節的韻母用i，即：知、蚩、詩、日、資、雌、思等字拼作zhi，chi，ri，zi，ci，si。

(2)韻母ㄦ寫成er，用做韻尾的時候寫成r。例如："兒童"拼作ertong，"花兒"拼作huar。

(3)韻母ㄝ單用的時候寫成ê。

(4)i行的韻母，前面沒有聲母的時候，寫成：yi（衣），ya（呀），ye（耶），yao（腰），you（憂），yin（因），yang（央），ying（英），yong（雍）。

　　u行的韻母，前面沒有聲母的時候，寫成：wu（烏），wa（蛙），wo（窩），wai（歪），wei（威），wan（彎），wen（溫），wang（汪），weng（翁）。

　　ü行的韻母，前面沒有聲母的時候，寫成：yu（迂），yue（約），yuan（冤），yun（暈）；yuan（冤），yūn（暈）；ü上兩點省略。

　　ü行的韻母跟聲母j，q，x拼的時候，寫成：ju（居），qu（區），xu（虛），ü上兩點也省略；但是跟聲母n，l拼的時候，仍然寫成：nü（女），lü（呂）。

(5)iou，uei，uen前面加聲母的時候，寫成：iu，ui，un。例如niu（牛），gui（歸），lun（論）。

(6)在給漢字註音的時候，為了使拼式簡短，ng可以省作ŋ。


**（四）聲調符號**

| 陰平 | 陽平 | 上聲 | 去聲 |
|---|---|---|---|
| - | ˊ | ˇ | ˋ |

聲調符號標在音節的主母音上，輕聲不標。例如：

| 媽 mā | 麻 má | 馬 mǎ | 罵 mà | 嗎 ma |
|---|---|---|---|---|
| （陰平） | （陽平） | （上聲） | （去聲） | （輕聲） |


**（五）隔音符號**

a，o，e開頭的音節連接在其他音節後面的時候，如果音節的界限發生混淆，用隔音符號（'）隔開，例如：pi'ao（皮襖）。

（一）

| 例字＼韻聲 | a | o | e | -i | er | ai | ei | ao | ou | an | en | ang | eng | ong |
|---|---|---|---|---|---|---|---|---|---|---|---|---|---|---|
| | a 阿 | o 喔 | e 鵝 | | er 耳 | ai 愛 | ei 欸 | ao 熬 | ou 歐 | an 安 | en 恩 | ang 昂 | eng 鞥 | |
| b | ba 八 | bo 波 | | | | bai 百 | bei 杯 | bao 胞 | | ban 班 | ben 本 | bang 幫 | beng 崩 | |
| p | pa 怕 | po 坡 | | | | pai 拍 | pei 培 | pao 泡 | pou 剖 | pan 盼 | pen 噴 | pang 旁 | peng 朋 | |
| m | ma 媽 | mo 摸 | me 麼 | | | mai 埋 | mei 美 | mao 毛 | mou 謀 | man 滿 | men 門 | mang 忙 | meng 盟 | |
| f | fa 發 | fo 佛 | | | | | fei 飛 | | fou 否 | fan 帆 | fen 分 | fang 方 | feng 風 | |
| d | da 大 | | de 德 | | | dai 呆 | dei 得 | dao 到 | dou 豆 | dan 擔 | | dang 當 | deng 登 | dong 東 |
| t | ta 他 | | te 特 | | | tai 台 | | tao 掏 | tou 頭 | tan 貪 | | tang 湯 | teng 疼 | tong 通 |
| n | na 拿 | | ne 呢 | | | nai 奶 | nei 內 | nao 鬧 | nou 耨 | nan 南 | nen 嫩 | nang 囊 | neng 能 | nong 農 |
| l | la 拉 | | le 樂 | | | lai 來 | lei 類 | lao 老 | lou 樓 | lan 籃 | | lang 狼 | leng 冷 | long 龍 |
| g | ga 嘎 | | ge 哥 | | | gai 該 | gei 給 | gao 高 | gou 鈎 | gan 甘 | gen 根 | gang 缸 | geng 耕 | gong 工 |
| k | ka 卡 | | ke 科 | | | kai 開 | kei 剋 | kao 考 | kou 口 | kan 看 | ken 肯 | kang 康 | keng 坑 | kong 空 |
| h | ha 哈 | | he 喝 | | | hai 海 | hei 黑 | hao 號 | hou 後 | han 漢 | hen 很 | hang 航 | heng 橫 | hong 轟 |
| zh | zha 扎 | | zhe 遮 | zhi 知 | | zhai 摘 | zhei 這 | zhao 招 | zhou 州 | zhan 沾 | zhen 真 | zhang 張 | zheng 爭 | zhong 中 |
| ch | cha 插 | | che 車 | chi 吃 | | chai 拆 | | chao 抄 | chou 抽 | chan 產 | chen 臣 | chang 昌 | cheng 稱 | chong 充 |
| sh | sha 沙 | | she 舍 | shi 詩 | | shai 曬 | | shao 稍 | shou 收 | shan 山 | shen 深 | shang 商 | sheng 生 | |
| r | | | re 熱 | ri 日 | | | | rao 擾 | rou 肉 | ran 然 | ren 人 | rang 讓 | reng 扔 | rong 榮 |
| z | za 雜 | | ze 則 | zi 資 | | zai 栽 | zei 賊 | zao 早 | zou 走 | zan 贊 | zen 怎 | zang 臟 | zeng 增 | zong 宗 |
| c | ca 擦 | | ce 冊 | ci 雌 | | cai 才 | | cao 操 | cou 湊 | can 蠶 | cen 岑 | cang 蒼 | ceng 層 | cong 匆 |
| s | sa 撒 | | se 色 | si 思 | | sai 腮 | | sao 掃 | sou 搜 | san 三 | sen 森 | sang 桑 | seng 僧 | song 松 |

（二）

| 韻<br>聲　例子 | i | ia | ie | iao | iou | ian | in | iang | ing | iong |
|---|---|---|---|---|---|---|---|---|---|---|
| | yi<br>衣 | ya<br>鴉 | ye<br>耶 | yao<br>腰 | you<br>優 | yan<br>烟 | yin<br>因 | yang<br>央 | ying<br>英 | yong<br>擁 |
| b | bi<br>比 | | bie<br>別 | biao<br>標 | | bian<br>邊 | bin<br>賓 | | bing<br>兵 | |
| p | pi<br>批 | | pie<br>撇 | piao<br>飄 | | pian<br>偏 | pin<br>拼 | | ping<br>平 | |
| m | mi<br>米 | | mie<br>滅 | miao<br>苗 | miu<br>謬 | mian<br>棉 | min<br>民 | | ming<br>明 | |
| d | di<br>低 | | die<br>跌 | diao<br>掉 | diu<br>丟 | dian<br>點 | | | ding<br>丁 | |
| t | ti<br>踢 | | tie<br>貼 | tiao<br>挑 | | tian<br>天 | | | ting<br>聽 | |
| n | ni<br>泥 | | nie<br>捏 | niao<br>鳥 | niu<br>牛 | nian<br>年 | nin<br>您 | niang<br>娘 | ning<br>寧 | |
| l | li<br>里 | lia<br>倆 | lie<br>列 | liao<br>料 | liu<br>留 | lian<br>連 | lin<br>林 | liang<br>糧 | ling<br>靈 | |
| j | ji<br>基 | jia<br>加 | jie<br>接 | jiao<br>交 | jiu<br>究 | jian<br>堅 | jin<br>金 | jiang<br>江 | jing<br>京 | jiong<br>窘 |
| p | qi<br>七 | qia<br>恰 | qie<br>切 | qiao<br>巧 | qiu<br>秋 | qian<br>千 | qin<br>親 | qiang<br>腔 | qing<br>青 | qiong<br>窮 |
| x | xi<br>西 | xia<br>蝦 | xie<br>些 | xiao<br>小 | xiu<br>修 | xian<br>先 | xin<br>心 | xiang<br>香 | xing<br>興 | xiong<br>兄 |

| 聲\韻\例子 | u | ua | uo | uai | uei | uan | uen | uang | ueng |
|---|---|---|---|---|---|---|---|---|---|
| | wu 烏 | wa 娃 | wo 窩 | wai 歪 | wei 威 | wan 彎 | wen 溫 | wang 汪 | weng 翁 |
| b | bu 布 | | | | | | | | |
| p | pǔ 普 | | | | | | | | |
| m | mu 母 | | | | | | | | |
| f | fu 夫 | | | | | | | | |
| d | du 都 | | duo 多 | | dui 堆 | duan 端 | dun 噸 | | |
| t | tu 土 | | tuo 托 | | tui 推 | tuan 團 | tun 吞 | | |
| n | nu 奴 | | nuo 挪 | | | nuan 暖 | | | |
| l | lu 爐 | | luo 羅 | | | luan 亂 | lun 論 | | |
| g | gu 古 | gua 瓜 | guo 國 | guai 怪 | gui 規 | guan 關 | gun 棍 | guang 光 | |
| k | ku 枯 | kua 夸 | kuo 擴 | kuai 快 | kui 愧 | kuan 寬 | kun 困 | kuang 筐 | |
| h | hu 呼 | hua 花 | huo 火 | huai 懷 | hui 灰 | huan 歡 | hun 昏 | huang 荒 | |
| zh | zhu 朱 | zhua 抓 | zhuo 桌 | zhuai 拽 | zhui 追 | zhuan 專 | zhun 准 | zhuang 莊 | |
| ch | chu 出 | chua 欻 | chuo 戳 | chuai 揣 | chui 吹 | chuan 川 | chun 春 | chuang 窗 | |
| sh | shu 書 | shua 刷 | shuo 説 | shuai 帥 | shui 水 | shuan 拴 | shun 順 | shuang 雙 | |
| r | ru 如 | | ruo 若 | | rui 鋭 | ruan 軟 | run 潤 | | |
| z | zu 租 | | zuo 坐 | | zui 嘴 | zuan 鑽 | zun 尊 | | |
| c | cu 粗 | | cuo 錯 | | cui 催 | cuan 竄 | cun 村 | | |
| s | su 蘇 | | suo 所 | | sui 碎 | suan 酸 | sun 孫 | | |

（四）

| 例子 韻<br>聲 | ü | üe | üan | ün |
|---|---|---|---|---|
| | yu<br>魚 | yue<br>月 | yuan<br>冤 | yun<br>雲 |
| n | nü<br>女 | nüe<br>虐 | | |
| l | lü<br>律 | lüe<br>略 | | |
| j | ju<br>居 | jue<br>決 | juan<br>捐 | jun<br>軍 |
| q | qu<br>區 | que<br>缺 | quan<br>全 | qun<br>群 |
| x | xu<br>虛 | xue<br>學 | xuan<br>宣 | xun<br>尋 |

## 初學普通話

編著
許慕懿

錄音監製
許慕懿

錄音
劉廣寧　王盛春

編輯
阿柿

插圖
Grab Chan@Vital Concepts

封面設計
吳明煒

版面設計
王妙玲

出版者
萬里機構出版有限公司
香港北角英皇道499號北角工業大廈20樓
電話：2564 7511　傳真：2565 5539
電郵：info@wanlibk.com
網址：http://www.wanlibk.com
　　　http://www.facebook.com/wanlibk

發行者
香港聯合書刊物流有限公司
香港荃灣德士古道220-248號荃灣工業中心16樓
電話：2150 2100　傳真：2407 3062
電郵：info@suplogistics.com.hk
網址：http://www.suplogistics.com.hk

承印者
美雅印刷製本有限公司
香港觀塘榮業街6號海濱工業大廈4樓A室

出版日期
二〇一〇年十一月第一次印刷
二〇二四年四月第八次印刷

規格
32開（142 mm × 210 mm）